Ursula März
TANTE MARTL

Ursula März

TANTE MARTL

Roman

PIPER

Mehr über unsere Autoren und Bücher:
www.piper.de/literatur

ISBN 978-3-492-05981-7
7. Auflage 2020
Originalausgabe
© Piper Verlag GmbH, München 2019
Satz: Satz für Satz, Wangen im Allgäu
Gesetzt aus der Benton Modern
Druck und Bindung: GGP Media GmbH, Pößneck
Printed in the EU

WENN MEINE TANTE MIR AM TELEFON etwas erzählen wollte, das sie gerade sehr erregte, leitete sie ihren Bericht mit einem lang gezogenen Stöhnen ein, in dessen Tonlage sich ein leicht kindliches Jammern mit dem Jaulen einer Alarmsirene mischte. Bevor sie auch nur einen Satz gesagt hatte, konnte ich anhand der Intonation des Stöhnens schon erahnen, was ihr auf dem Herzen lag.

Hatte sie sich über eine schnippische Verkäuferin geärgert, überwog die Sirene. Hatte der Hausarzt ihr geraten, sich für eine Untersuchung ins Krankenhaus einweisen zu lassen, schlug das Jammern durch. Bisweilen vertiefte sich das Stöhnen zu einem rollenden Brummen, als säße am anderen Ende der Leitung ein angriffslustiger Bär. Dann war meine Tante ernsthaft empört. Der Lieferant von Tiefkühlkost, der einmal im Monat mit seinem Kleinlaster vor ihrem Haus hielt, hatte die falsche Ware gebracht, aber unverschämt behauptet, es sei die richtige, und den Umtausch verweigert. In einer Fernsehsendung waren knapp bekleidete Frauen aufgetreten, und zwar nicht am späten Abend, wenn meine Tante längst schlafen gegangen war, sondern im unverdächtigen Nachmittagsprogramm.

Ein Daueranlass ihrer Empörung war der Showmaster Thomas Gottschalk. Er wurde von meiner Tante so verachtet, dass sie nicht einmal seinen Namen aussprach, sondern ihn nur »de dumm Lackaff« nannte. Sie konnte sich nicht damit abfinden, dass »de dumm Lackaff« in der Samstagabendshow des ZDF den Platz des von ihr hochgeschätzten Frank Elstner eingenommen hatte, was meine Tante als persönliche Geringschätzung von Menschen wie ihr, Menschen mit Anstand und seriösem Benehmen, interpretierte. Alles an Thomas Gottschalk fand sie vulgär, seine langen blonden Locken, seine Glitzeranzüge, seine Witze. Als sie in einer Fernsehzeitschrift las, wie viel Geld er für seine Shows erhielt, war sie außer sich. »Ursi«, schrie sie ins Telefon, »des sin Millione! Des isch doch net normal!« Ich versuchte, sie zu beruhigen. Thomas Gottschalk, sagte ich, sei sicherlich Millionär und habe einigen Reichtum angehäuft. Dass er für einen einzigen Fernsehauftritt gleich ein paar Millionen einstriche, hielte ich jedoch für ausgeschlossen. »Du hascht doch ke Ahnung«, erwiderte sie brüsk, nun über meine Besserwisserei empört. Ich kannte mich in den Finanzverhältnissen von Thomas Gottschalk tatsächlich nicht aus und bog schnell zu einem anderen Thema ab. Wenn am Sonntagmorgen in meiner Wohnung in Berlin das Telefon klingelte, ich den Hörer abnahm und dem Empörungsstöhnen lauschte, war mir klar, dass am Abend zuvor »Wetten, dass ...?«

ausgestrahlt worden war, meine Tante auf dem Bildschirm ihren Intimfeind gesehen und sofort umgeschaltet hatte.

Bis sie endlich zu erzählen begann, konnte eine Weile vergehen. Mit einer einzigen Stöhnouvertüre war es oft nicht getan. »Was ist denn passiert?«, fragte ich vorsichtig. »Geht's dir nicht gut?« Anstatt zu antworten, stöhnte sie erneut, und ich fuhr wieder mit einer Frage dazwischen. Je älter meine Tante wurde, desto häufiger geschah es, dass sie schon nach dem Ende des Stöhnens meinen Kommentar zu dem Ereignis erwartete, das sie veranlasst hatte, mich anzurufen. So, als hätte sie mir gerade davon erzählt. Es war ein heikler Moment unserer Telefonate. Dauer und Tonlage des Stöhnens verrieten mir die Stimmung, in der sich meine Tante befand. Aber was genau sie in diese Stimmung versetzt hatte, wusste ich natürlich nicht. Vielleicht hatte sie eine überhöhte Rechnung ihrer Autowerkstatt erhalten, die darauf spekulierte, eine betagte Frau würde den Wucher nicht bemerken. Vielleicht musste sie ihrem Ärger über ein im gegenüberliegenden Haus lebendes Ehepaar Luft machen, das an sieben Tagen die Woche um Punkt 11:30 Uhr in seinen Mercedes stieg, um in ein Restaurant zu fahren. »Die kenne esse, wo se wolle«, sagte meine Tante, »aber jede Tach ins Lokal gehe, des isch doch net normal.« Sie war fest davon überzeugt, der Grund für die gehäuften Restaurantbesuche der Nachbarn, die schon bei dünnem Nieselregen die Rollläden vor den Fensterscheiben herunterzögen, läge in einem Reinlichkeitswahn, der es ihnen verbiete, ihre Küche durch das Zubereiten einer warmen Mahlzeit zu besudeln.

Mir blieb nichts anderes übrig, als mich mit vagen Beschwichtigungsfloskeln an das Ereignis heranzutasten, von dem meine Tante glaubte, sie hätte es mir eine Minute zuvor mitgeteilt. Oft bemerkte sie die Taktik und fühlte sich zurückgestoßen, weil es mir ihrer Ansicht nach an echtem Interesse für sie und ihre Nöte fehlte. »Isch stör dich, gell?«, sagte sie dann pikiert. »Bischt aufm Drücker?« Aber nein, beteuerte ich, sie störe überhaupt nicht, ich mache ohnehin gerade eine kurze Arbeitspause und läge auf der Couch. »Ei, dann sach doch gleich, dass de schloofe willscht«, murrte sie weiter, »des kann isch jo net wisse. Isch sitz am Telefon und net am Fernrohr.«

Meine Tante war Lehrerin von Beruf. Sie heiratete nie und hatte keine Kinder. Außer ein paar Jahren während des Zweiten Weltkriegs und der Nachkriegszeit verbrachte sie ihr gesamtes Leben in ihrem Elternhaus in der westpfälzischen Kleinstadt Zweibrücken. Der einzige Wechsel ergab sich nach dem Tod ihrer Eltern, als meine Tante aus ihrer Wohnung im Erdgeschoss in das nun frei gewordene Obergeschoss zog. Danach verbrachte sie noch achtunddreißig Jahre allein in dem Haus, in dem sie an einem Junisonntag im Jahr 1925 geboren worden war. Sie war eine materiell unabhängige, interessierte und gebildete Frau, die schon in den Fünfzigerjahren ein eigenes Auto und immer ein eigenes Bankkonto besaß, die leidenschaftlich gern verreiste, mit kribbelnder Vorfreude ihre Touren in Mittelmeerländer, ins Gebirge und sogar ans Nordkap plante. Aber sie unternahm nie einen Versuch, sich vom Elternhaus zu lösen, zumal von einem Vater, der sie rücksichtslos spüren ließ, dass er sie nicht gewollt hatte.

In ihrer ersten Lebenswoche, genau von Montag bis Montag, galt meine Tante auf dem Papier als Person, vielmehr als Säugling, männlichen Geschlechts. Sieben Tage lang war ihr Vater nicht bereit, sich mit der Tatsache abzufinden, dass auch dieses Kind ein Mädchen geworden war. Zu seinem Verdruss das dritte. Schon das zweite Mädchen hätte, wären die Dinge seiner Ansicht nach richtig verlaufen, ein Junge sein müssen. Er verschmerzte es einigermaßen. Gegen ein drittes Geschöpf aber, das als Stammhalter ausfiel und ihm womöglich den Ruf eines Erzeugers eintrug, der nur eine Mädchenserie zustande brachte, stellte er sich stur. Bei seinen Enkeln war ihm das Geschlecht egal. Ich erinnere mich an keine Situation, keinen Satz und kein Geschenk, die darauf hingedeutet hätten, er bevorzuge meinen Bruder mir gegenüber. Bei seinen Kindern galten jedoch andere Prinzipien. Sieben Tage lang klammerte er sich an die wahnwitzige Illusion, der Natur durch schieres Beharren doch noch ein Chromosomenwunder abringen zu können. In den Verwaltungsakten des örtlichen Standesamtes gab es den Jungen ja schon, er hieß Martin.

Als sich mein Großvater am Montagmorgen vor dem Schreibtisch des Standesbeamten einfand und dieser ihn nach dem Geschlecht des neuen Erdenbürgers fragte, nickte er einfach. Er sprach das Wort »Junge« nicht aus. Er wartete, bis dem verunsicherten Beamten, der die Spitze des Füllfederhalters bereits aufs Formular gesetzt hatte, nichts anderes übrig blieb, als die Frage zu konkretisieren, »isch e Bub?«, und er nur nicken musste. Im strengen Sinn gelogen, so beteuerte er noch nach Jahrzehnten, hatte er also nicht. Er hatte es lediglich verpasst, einer Variante der Wahrheit zu widersprechen, die ihm amtlicherseits nahegelegt wurde. Und was den falschen Namen anbetraf: Vielleicht hatte er den Vokal am Ende verschluckt, vielleicht hatte der Standesbeamte das »a« überhört oder einfach den Stift zu früh abgesetzt und deshalb den Namen Martin eingetragen.

Ungefähr so lauteten die Ausreden, die er vorbrachte, als seine Frau ihm am Dienstag die Geburtsurkunde abknöpfte und schwarz auf weiß lesen musste, dass ihre neugeborene Tochter durch einen Trick, an dem sie das Herzlose noch mehr bestürzte als das Hirnrissige, vor dem Gesetz als Sohn galt. Zum Krachschlagen war sie zwei Tage nach der Entbindung zu erschöpft. Sie legte die Geburtsurkunde wortlos auf den Küchentisch und schwieg bis zum Einschlafen am Abend. Sie saß im Nachthemd auf ihrer Bettseite, rückte die Wiege nah zu sich heran, beugte sich darüber und prüfte, ob das gehäkelte Wolldeckchen straff genug um den Säugling gewickelt war, nicht nach oben rutschen und sich über sein Gesicht legen konnte. Dann schlüpfte sie unter ihr Federbett, wandte ihrem Mann den Rücken zu, streckte den Arm nach dem Schalthebel der kleinen Bakelitlampe auf dem Nachttisch aus und sagte im Dunklen nur einen einzigen Satz: »Du gescht da morge hin, gleich in der Früh.«

Meine Großmutter sparte auch sonst mit Worten. Sie handelte lieber. Wenn ich mir an einer Steinkante im Garten das Knie aufgeschlagen hatte und weinend zu ihr in die Küche humpelte, umflatterte sie mich nicht, wie meine Mutter es getan hätte, mit dramatischen Mitleidsbekundungen. Sie sauste zum Medizinschrank im Badezimmer, holte Verbandspflaster und ein Fläschchen mit stinkendem rostfarbenem Desinfektionsmittel. Nach der Verarztung griff sie in die Tasche ihrer Kittelschürze, zog einen Bonbon heraus und steckte ihn mir in den Mund.

Er ging nicht. Weder am Mittwoch noch am Donnerstag und am Freitag bequemte er sich zum Standesamt, um den Fehler zu korrigieren. Dass er nicht darum herumkomme, musste ihm als ordnungsliebenden Staatsbürger eigentlich klar sein, auch wenn er sich einbildete, das Geschlecht des Neugeborenen durch Zeitschinden doch noch in die ersehnte Richtung lenken zu können. Er drückte sich überhaupt gern vor Schwierigkeiten und überließ es seiner Frau, sie zu lösen. Nicht er, sondern sie handelte bei der Sparkasse den Kredit aus, den sie benötigten, um Ende der Zwanzigerjahre das zweistöckige

Haus zu kaufen, in dessen oberem Stockwerk sie bis dahin zur Miete gewohnt hatten. Nicht er, sondern sie sah den Handwerkern auf die Finger, als unter dem Dach ein kleines Mansardenzimmer für die Töchter ausgebaut wurde. Und sie saß abends am Küchentisch und verrechnete das schmale Gehalt, das er als Gefängniswärter nach Hause brachte, mit den monatlichen Ausgaben. Sie war zuständig fürs Pragmatische und somit auch dafür, Wege aus verzwickten Situationen zu finden. Und in einer solchen befanden sie sich. Bereits am Samstagmorgen klingelten die ersten Gratulanten, die das Elternpaar doppelt beglückwünschten, zur Geburt eines gesunden Kindes und zur Geburt eines Söhnchens, mit dem ja auch endlich zu rechnen gewesen war. Martin hieß er, hatte man da richtig gehört? Oder Werner, wie der Vater? Seine Frau wimmelte die Besucher höflich ab und übergab ihnen ein Bündel mit Pflaumenmus gefüllter Krapfen, von denen sie in den Wochen vor der Geburt mehrere Bleche voll gebacken hatte. Das Kind ließ sie nicht sehen. Es sei, sagte sie, gerade eingeschlafen und solle nicht gestört werden.

Niemand hätte gewünscht, den Säugling als Nackedei zu besichtigen. Selbst seine Großeltern, die am Sonntagmorgen in ihrem Dorf loswanderten und nach einem zweistündigen Fußmarsch bei der Familie anlangten, wären nicht auf die Idee gekommen, sich mit eigenen Augen vom Geschlecht des neuen Enkelchens überzeugen zu wollen. Und so wenig wie das Gesicht hätte das Greinen des Babys verraten, dass hier nicht ein Martin, sondern eine Martina von Arm zu Arm gereicht wurde. Aber die Mutter rückte ihre Jüngste nicht heraus. Zum einen war es ihr zuwider, bei einer Schmierenkomödie mitzuspielen. Zum anderen betrachtete sie es von Beginn an als ihre Pflicht, dieses Kind, das in den Augen seines Vaters nichts anderes als ein Ärgernis darstellte, besonders zu schützen. Sie meinte es gut. Aber indem sie das Kind abschirmte, wies sie ihm ungewollt auch einen Platz im Hintergrund zu.

Den Canossagang zum Standesamt zu übernehmen, war sie nicht bereit. Am Sonntagmorgen drohte sie ihrem Mann: Wenn er nicht hinginge, und zwar sofort nach dem Frühstück am Montagmorgen, verschwände sie mit Sack und Pack und den drei Töchtern aus dem Haus. Es war der böseste Moment ihrer Ehe, und ihm blieb nichts anderes übrig, als sich vom Dienst abzumelden und dem Standesamt einen zweiten Besuch abzustatten. Welche Argumente er sich dort einfallen ließ, um den kuriosen Umstand zu erklären, erst nach einer Woche den falschen Namen und die falsche Geschlechtsangabe auf der Geburtsurkunde bemerkt zu haben, darüber gab er niemals Auskunft. Dass es eine Schmach war, die ihm zugefügt wurde, ließ er sich allerdings empfindlich anmerken, als er mit der neuen Geburtsurkunde nach Hause kam, die nun einem Mädchen namens Martina galt. Die eigentliche Schmach erwartete ihn noch. Schneller als die frohe Botschaft von der Geburt eines gesunden Buben verbreitete sich nun, genau eine Woche später, die Komödie vom Bub, der gar keiner war, über die Gerüchtekanäle der Kleinstadt. Und die Stadt lachte. Die Gratulanten ließen sich die Krapfen schmecken und schlossen Wetten über die Anzahl der Mädchengeburten ab, die fürderhin zu absolvieren seien, bis die Eheleute endlich einen Treffer erzielten. Vier, fünf? Bei großem Fleiß womöglich sechs oder sieben? Das sollte doch genügen, um den Klapperstorch zu erweichen. Und wer nicht lachte, äußerte, was meinen Großvater mindestens so verdross, sein Bedauern mit dem armen Mann, der sich so verzweifelt einen Bub wünschte, dass ihm jedes Mittel recht war.

Es wurde Spätsommer, bis die Mutter mit allen dreien, die Vierjährige lief schon flott, die Zweijährige tapste an ihrer Hand, die Kleinste lag im Kinderwagen, einen Gang durch die Stadt unternahm, zum Einkaufen beim Bäcker und beim Metzger haltmachte und zuließ, dass sich fremde Köpfe über den Säugling beugten. Man tat ihr zuliebe so, als sei die Albernheit beim Standesamt nie vorgefallen. Aber vergessen wurde sie nicht. Sie war zu unterhaltsam, um dem Fundus an Kleinstadtklatsch verloren zu gehen und nicht durch die Generationen weitergereicht zu werden. Mir wurde erst spät bewusst, dass meine Tante immer damit rechnen musste, als die Frau Lehrerin betuschelt zu werden, die vom Vater zum Bub erzwungen werden sollte; die Unverheiratete mit der falschen Geburtsurkunde.

IN DER ERINNERUNG DER FAMILIE mischte sich der Vorfall unter andere Episoden, die wie zum Kannenboden abgesunkene Kaffeekörner im Gedächtnis ruhen und immer mal wieder aufgerührt werden. Aber in Wahrheit war es keine Geschichte wie andere. Nicht so harmlos wie das Missgeschick mit der Kommuniontorte, die der Mutter aus der Hand stürzte und löffelweise vom Küchenboden aufgeschabt wurde. Nicht so überholt wie der Konfessionsstreit, der ausgerechnet am Abend vor der Hochzeit der mittleren Tochter zwischen Katholiken und Protestanten ausbrach und beinahe die ganze Heirat verhindert hätte. Auch wenn sie zum Amüsement aufgetischt wurde, behielt die Geschichte von der falschen Geburtsurkunde einen bitteren Beigeschmack. Er enthielt nicht nur Scham über das Unrecht, das der Jüngsten ja doch zugefügt worden war, sondern auch einen Rest von der Enttäuschung, eine Familie ohne Sohn zu sein. Und hauchfein mischte sich in die Enttäuschung ein Vorwurf, der sich keineswegs gegen den Urheber des Skandals richtete, sondern gegen diejenige, die er für sein skandalöses Verhalten verantwortlich machte.

Und sie selbst? Die Frau, die von allen, von ihren Schwestern und ihren Eltern, aber auch von Nachbarn und Bekannten zeitlebens nur Tante Martl genannt wurde, als sei Tantesein kein verwandtschaftlicher Status, sondern eine Existenzform? Sie lachte auf eine etwas künstliche, übertrieben grelle Weise mit, wenn ihre »Martinwoche« zur Sprache kam, und schüttelte den Kopf, »was für e Unfug sich die Leut ausdenke«. Nie ließ sie sich Schmerz oder Zorn anmerken. Erst in ihren zwei letzten Lebensjahren, als sie in einem Altenheim wohnte und die Demenz sich ihres Gehirns bemächtigte, löste sich der Gefühlsriegel. Sie war achtundachtzig Jahre alt und in eine aussichtslose Lage geraten. Zu hinfällig, um ohne Hilfe im Haus zu bleiben, wehrte sie sich dennoch rigoros gegen das Zusammenleben mit einer Pflegerin. Schon die Idee betrachtete sie als Verrat. »Isch war mei ganz Lebe allein«, schrie sie mich am Telefon an, »da bringscht du mir ke fremde Leut ins Haus!« Um keinen Preis wollte sie, die auf so vieles verzichtet hatte, nun auch noch auf ihren letzten Wunsch verzichten, der in nichts Bescheidenerem bestand als darin, still und unbehelligt in ihrem Haus zu sein und dort zu sterben. Nach einem Krankenhausaufenthalt war sie so geschwächt, dass die Ärzte es ablehnten, die Verantwortung für ihre Rückkehr ins Haus zu übernehmen, sollte sie dort ohne Obhut sein. Selbst jetzt war es ihr lieber, in ein Heim zu gehen. Von zwei Katastrophen erschien ihr dies als die etwas weniger schlimme.

Wider Erwarten blühte sie in den ersten Wochen im Heim auf. »Es isch eischentlich wie im Hotel«, berichtete sie befriedigt. Die langen Zimmerflure, die in Gesellschaft einzunehmenden Mahlzeiten und das kleine Angebot an kulturellen und sportlichen Aktivitäten erinnerten sie an Hotelaufenthalte, und mir fiel ein Stein vom Herzen. Schon morgens hole sie eine ihrer guten Blusen für die nachmittägliche Kaffeetafel aus dem Schrank, »isch will jo doch bissche fein do sitze.« Ich bestärkte sie sogar noch in der Hotelillusion und redete ihr zu, die urlaubsähnlichen Annehmlichkeiten voll auszuschöpfen. Beim nächsten oder übernächsten Telefonat merkte ich, dass das schmeichelhafte Deckbild von der Realität abgefallen war und meine Tante das Heim nun umso mehr als Verbannungsort empfand. Hotelgäste werden nicht vom Personal ermahnt, ihre Medikamente pünktlich einzunehmen, nicht morgens um sieben mit ihrem Rollator ins Badezimmer geschoben. »Do sitze erwachsene Leut beim Esse mit e Plastiklatz um de Hals, des isch doch net normal!«, rief sie entrüstet. »Des is wie im Kindergarte! Isch bin doch ke Kind, isch bin e alt Frau!«

In den Tunnel ihrer Verzweiflung drang nur noch für kurze Momente ein wenig Helligkeit. Sie litt unter dem Alleinsein in ihrem Zimmer und unter der Anwesenheit von Menschen. Sie litt unter Stille und unter dem kleinsten Geräusch, das aus dem Flur zu ihr drang. Die Verdunkelung ihrer Seele beschleunigte ihre geistige Verwirrung. Sie verwechselte die Pflegerinnen ebenso wie ihre Brillen. Tag für Tag wurde sie von neuem Entsetzen gepackt, wenn sie vom Bett aus mit der Lesebrille zum Fernsehmonitor an der gegenüberliegenden Zimmerwand blinzelte, nur noch verschwommene Bilder sah und sich für urplötzlich erblindet hielt. Sie wollte nichts mehr essen und hatte starkes Untergewicht. Nur mit Mühe konnte ich sie bei meinen Besuchen dazu bewegen, an einem Bahlsenkeks zu knabbern. Sie hatte Bahlsenkekse immer sehr geschätzt. »Isch will ke Firlefanz«, konstatierte sie jedes Mal, wenn sie im Supermarkt eine Packung Bahlsenkekse in den Einkaufswagen legte, »a gut

Bahlsekeks is a einfache, ehrlische Sach. Wenn di Mensche genauso wärn, gäbs auf de Welt ke Streit und ke Kriesch.«

Je mehr sie verfiel, desto stärker drängte die Martingeschichte aus ihr heraus, die sie selbst ja nur vom Hörensagen kannte. Am Anfang klagte sie nur. Sobald jemand ihr Zimmer betrat, ob der Arzt, eine Pflegerin, die Putzfrau oder ihre Nichte, begann sie sich, unterbrochen von langem Stöhnen, über die gefälschte Geburtsurkunde zu beschweren. »Des gehört sisch doch net«, lautete eine ihrer wiederkehrenden Redewendungen, mit denen sie die Ungehörigkeit so darstellte, als ginge es um ein fremdes Kind, von dem sie in der Zeitung gelesen hatte. Nach ein paar Monaten steigerte sich die Klage zu wildem Zorn. »Was kann denn des Kind dafür, dass es kei Bub isch?«, kreischte sie in den Raum. »Gar nix! Und was mache die Leut? Gehe zum Standesamt und lass e Bub eintrage! Jetzt sag amol: Isch des e Sauerei oder net?« Und schließlich, wiederum Monate später, zeigte sich der alte Schmerz unverhüllt. Meine Tante saß schluchzend auf dem Bettrand, ruderte mit den Füßen über den Linoleumboden, ziellos nach einem Gegenstand suchend, den ihr Gehirn nicht mehr als Hausschuh abzubilden vermochte. Ich setzte mich neben sie, um sie zu trösten, und sofort umklammerte sie mit einer Hand meinen Unterarm.

Wie das Stöhnen zählte diese Gebärde zu den Angewohnheiten, die ihr schon immer zu eigen gewesen waren und sich im Alter verstärkten. Wenn sie nach meinem Arm langte und zudrückte, wusste ich, dass sie zu einer Mitteilung ansetzte, die keinesfalls überhört werden durfte. Der Griff hieß: Aufpassen! Jetzt kommt was Wichtiges! Die Nummer ihres Schließfaches bei der Stadtsparkasse, den Aufbewahrungsort ihrer Lebensversicherung, aber auch das System ihrer Küchenmülltrennung hatte sie mir auf diese Weise eingeschärft. Als hätte ihr Wunsch nach Anteilnahme eines körperlichen Nachdrucks bedurft, streckte sie auch dann die Hand zum Arm ihres Gesprächspartners aus, wenn sie über Themen reden wollte, die sie gerade stark beschäftigten. Eine Diskussion über den, wie meine Tante fand, ziemlich unchristlichen Starkult um den polnischen Papst wurde vom Druck ihrer Hand begleitet, ebenso die Erörterung der Frage, ob es sinnvoll sei, auf einem Kreuzfahrtschiff eine Kabine mit Balkon zu buchen.

»Weischt du, was mir passiert ist?«, begann sie, als habe sie noch nie zuvor vom Drama ihrer Geburtsurkunde berichtet und lüfte just in diesem Moment ein ungeheuerliches Geheimnis. Dabei ließ sie ihren Oberkörper wie unter einer schweren Last nach vorne sinken, und ich musste zusehen, dass sie nicht kopfüber vom Bettrand fiel und mich mitzog. »Die habbe e Bub aus mir gemacht, aber isch war doch gar ke Bub.« Ihr Gesicht nahm einen gequälten Ausdruck an, und meine Tante begann so bitterlich zu weinen, wie ich sie nur ein einziges Mal weinen gesehen hatte, viele Jahre zuvor. »Die ganz Stadt hat über misch gelacht, die ganz Stadt.« Ihren Vater erwähnte sie merkwürdigerweise nicht. Er kam in ihrer Erzählung gar nicht vor. Er wurde von einer unspezifischen Macht vertreten, die sie als »die Leut« oder »die Obere« bezeichnete. Man hätte meinen können, im Sommer 1925 habe ein geheimes Gericht beschlossen, diese Martina für ihre Weigerung, ein Martin zu sein, anzuklagen und ordentlich büßen zu lassen. Denn unermüdlich beteuerte sie, nicht schuld daran zu sein, dass sie als Mädchen geboren worden war.

»Sieschte, da habbe wir doch was gemeinsam«, sagte meine Tante oft. Wir hätten eben beide, sollte das heißen, Anlass zur Enttäuschung geboten. »Isch war falsch, und du warscht hässlisch.« Gern hörte ich das nicht, aber es stimmte wohl. Ich kam mit blau angelaufenem Gesicht auf die Welt, die Nabelschnur hatte sich um meinen Hals gewickelt. Die Wirkung des zombiehaften Anblicks soll durch die Töne, die ich von mir gab, noch gesteigert worden sein. Sie waren, so beteuerte meine Mutter, furchterregend. Nicht das hohe, herzergreifende Neugeborenenkrähen, wie es ringsum im Kreißsaal zu hören war und wie ich es bei der Geburt meiner Tochter selbst hörte, sondern ein tiefes Brummen. Ich hatte immer Zweifel, ob das physiologisch überhaupt möglich, der Kehlkopf eines vier Kilogramm wiegenden Menschleins in der Lage ist, das Gegrunze eines Urmenschen zu erzeugen, der aus seiner Höhle kommt. Ungefähr so soll es sich nämlich angehört haben.

Ich widersprach meiner Tante nicht, obwohl ich insgeheim ihren Fall für schwerwiegender hielt als meinen. Aber ich merkte, wie gut es ihr tat, sich mit mir in einer Schicksalsgemeinschaft zu wähnen. Sie war folglich nicht die Einzige in der Familie, die man sich beim Austritt aus dem Geburtskanal anders gewünscht hätte, eine Gemeinsamkeit, die durch ihre Patenschaft noch besiegelt wurde. Denn Martl war meine Patentante. Sie hielt mich in der Barockkirche der fränkischen Kleinstadt Herzogenaurach, in der ich geboren wurde und aufwuchs, übers Taufbecken. Sie kam zu meiner Einschulung, befüllte meine Schultüte mit Süßigkeiten, die zu kaufen sie Überwindung gekostet hatte. Sie schenkte mir mein erstes Fahrrad, es war rot und hatte eine luxuriöse Dreigangschaltung, und zur Kommunion eine wertvolle Armbanduhr. »Jetzt lass doch das Kind«, sagte sie beschwichtigend, sobald sich meine Mutter wieder einmal über meine Lautstärke beschwerte. Ihrer Meinung nach hatte sich das Säuglingsbrummen nämlich zu einem unvorteilhaften Wesenszug entwickelt, dem Lautsein. Ich redete, lachte, sang zu laut. In den Ohren meiner Mutter lief ich sogar zu laut. Wenn ich Geschirr spülte, wurde ich angefleht, keinen Polterabend zu veranstalten. Wenn ich eine Tür öffnete, fuhr meine Mutter mit gepeinigtem Gesichtsausdruck zusammen, als hätte ich sie bereits zugeknallt. Sie schätzte leise Menschen. Martl, mein Vater und ich zählten nicht dazu. Wir bildeten in der Familie die Fraktion der Lärmenden, von der sich die Fraktion der Leisen wohltuend abhob. Ihr gehörten meine Mutter, ihre ältere Schwester, deren Mann und mein Bruder an.

ALLES, WAS ICH ÜBER DIE Kindheit und Jugend der drei Schwestern je erfuhr, konnte ich an den erwachsenen Frauen mühelos wiedererkennen. In jeder Familie haben Kinder ihre spezielle Rolle. Neben dem verwegenen gibt es das verzagte, eines hat Hummeln im Hintern, das andere hält Sitzen für die einzig erträgliche Daseinsform. Aber meist sind diese Rollen elastisch oder tauschen sich im Lauf der Zeit sogar aus. In der Familie meiner Großeltern wurden solche Abweichungen von der einmal festgelegten Position nicht geschätzt. Fast so, als gehöre es zu einer guten Erziehung, dafür zu sorgen, dass der liebe Gott seine Menschlein in der gleichen seelischen und charakterlichen Verfassung zurückerhält, in der er sie siebzig oder achtzig Jahre zuvor ausgehändigt hat. Die Rollenverteilung der Schwestern besaß die Macht eines Naturgesetzes. Zahllose Male hörte ich Sätze wie: »So war das Bärbl schon als Kind« oder »Das Rosa hat sich ke bissche verändert«, und immer schwang darin eine gewisse Genugtuung über die Konservierung der kindlichen Persönlichkeiten mit, als handele es sich um die Gläser mit eingewecktem Obst, die zu Dutzenden im Keller des Hauses standen. Und sicherlich lud schon die Drei-Schwestern-Konstellation dazu ein, jede so fest in ihrem Typus zu verschnüren, als seien sie die schematischen Figuren aus einem Märchen. Wäre ihre Geschichte eines gewesen, kämen darin ein Aschenputtel und eine Prinzessin auf der Erbse vor.

Sie hießen Barbara, Rosemarie und Martina, aber so wurden sie nur bei offiziellen Anlässen oder auf Dokumenten wie ihren Schulzeugnissen genannt. Im Alltag hatten sie Rufnamen. Die Älteste wuchs als Bärbl heran, die Jüngste als Martl. Für die Mittlere standen mehrere Kosenamen zur Auswahl: Rössche, Rösele, in höherem Alter Rosa. Wenn die Familie zum Spaß Hochdeutsch imitierte, auch mal Rosalein. Schon die Vielzahl ihrer blumigen Kosenamen ließ erkennen, dass diese Tochter, zudem die hellblondeste der drei, eine Sonderstellung genoss. Sie war der Liebling des Vaters. Rössche durfte als Einzige auf seinem Schoß sitzen, wenn er es sich nach Feierabend im Sessel bequem machte. Sie durfte als Einzige das Streichholz anzünden und ihm überreichen, wenn er seine Pfeife anrauchte. Sie durfte bei den ermüdenden Sonntagsmärschen ins Dorf der Großeltern auf seinen Schultern sitzen, egal wie erschöpft die zwei anderen Schwestern hinterherschlurften. Sie durfte als Einzige das Wohnzimmer betreten, wenn mein Großvater, der bereits im Jahr 1923 der NSDAP beigetreten war und das Goldene Parteiabzeichen besaß, am Freitagabend drei Parteigenossen zum Kartenspielen empfing. Sie durfte an diesen Abenden sogar länger aufbleiben als ihre ältere Schwester Bärbl, die sich für das Aufsagen putzig gelispelter Verse nicht eignete. Sie war von sämtlichen Haushaltspflichten befreit, musste weder bei der Gartenarbeit helfen noch Wäsche aufhängen, nach dem Essen nicht den Tisch abräumen, das Geschirr spülen, abtrocknen und in den Schrank zurückstellen. Bärbl und Martl hatten solche Arbeiten selbstverständlich zu erledigen.

Ich kann mich nicht erinnern, je eine vernünftige Begründung für die schreiend ungleiche und ungerechte Behandlung der Schwestern gehört zu haben. Es gab sie eben. Ich spürte allerdings immer, dass es für Rosas Leben, das meiner Mutter, keineswegs vorteilhaft war, mit dem Versprechen auf die Privilegien ein Prinzessinnendasein zu beginnen. Indem ihr Vater sie vergötterte und maßlos verzärtelte, konnte er sich bestätigen, durchaus zu echter, warmer Elternliebe fähig zu sein. Es kam nur auf das Kind an. Darauf, ob es sich mit seinem Betragen die Liebe verdiente, oder eben nicht. Vermutlich erstickte er so auch sein schlechtes Gewissen, schon die zweite und erst recht die dritte Tochter nicht gewollt zu haben. In Rössches Fall hatte sich der Ärger ja ins Gegenteil, in reinstes Vaterglück verkehrt. Wenn Martl dieses nicht hervorrief, lag es erwiesenermaßen nicht an ihm.

Ihr Leben lang war Rosa verrückt nach Süßigkeiten. Pralinen, Torten, Nougatschnitten, Windbeutel, Marzipan, Bonbons, Weihnachtsplätzchen, Schokolade jeder Art und Form, alles Süße wurde von ihr verschlungen, auch wenn sie es hinterher mit Magenbeschwerden, Verstopfung und Herzrasen büßte. Ihr Leben lang trank Martl ihren Kaffee pechschwarz, ohne Milch und Zucker. Und ihr Leben lang ordnete sie diese Vorliebe den zahlreichen Merkmalen ihrer Persönlichkeit zu, in denen sie sich von Rosa unterschied wie der Tag von der Nacht. Wer Martl kannte, konnte ihre Hymnen auf ein einfaches Butterbrot im Schlaf hersagen. »Des is, was isch a redlisch Mahlzeit nenn: a Scheib Schwarzbrot und gut Butter drauf. Des is was für anständische Leut. Und die, wo sisch von Naschzeusch ernähre, die sin grad zu faul zum Kaue und halte sisch fir was Besseres.«

Ich habe mit meiner Tante keine einzige Mahlzeit verbracht, bei der sie nicht auf Rosas Süßigkeitensucht zu sprechen gekommen wäre. Irgendein Anhaltspunkt fand sich immer. Beim Frühstück war es die Marmelade, beim Mittagessen der süße Nachtisch, auf den sie keinen Wert legte, beim Abendessen eine Tube Senf mit dem Attribut »süß«. Ich schloss Wetten mit mir ab, wann das Thema von ihr Besitz ergreifen würde. Die Dramaturgie, in der sie es präsentierte, war immer die gleiche. »Dei Mutter«, ging es los, »würd sisch am liebschte nur von Schokolad ernähre. Ke Obscht, ke Brot, ke gar nix. Ursi, glaub mir des! Wer sisch sei Lebe lang von Schokolad ernährt, is nah am Grab.« Dann wandte sie sich jenen Episoden zu, die davon handelten, wie Rosa in der Kindheit die Schokoladenvorräte ihrer Schwestern ausräuberte, nachdem sie ihre eigenen verputzt hatte und Appetit auf mehr verspürte. »Die hat genomme, was se gefunne hat. Das Rosa war de ganze Tach auf Raubzuch.« Der kaltblütige Diebstahl von Bonbons, Nikoläusen und Osterhasen entrüstete meine Tante so, als hätte sich die Gemeinheit erst am Vortag zugetragen. Als sei sie immer noch die kleine Martl, die ohnmächtig erleben musste, dass Rössche vom Vater nicht gescholten, geschweige denn bestraft wurde, wenn sie sich lange vor Weihnachten heimlich über das Spritzgebäck hermachte, das erst am Heiligen Abend gegessen werden durfte. Sie hätte eine Tracht Prügel bezogen, bei Rössche zwinkerte der Vater verschwörerisch.

Bei jeder sich nur schwach bietenden Gelegenheit brachte meine Tante den Gegensatz zwischen sich und Rosa ins Spiel. Rosa war wichtigtuerisch, sie zurückhaltend. Rosa war rührselig, sie sachlich. Rosa stand stundenlang vor dem Spiegel, sie schaute nur kurz hinein, wenn sie sich mit kaltem Wasser das Gesicht abwusch. Rosa ging gern zu Ärzten, sie nur im äußersten Notfall. Rosa war schmeichlerisch, sie sagte ihre Meinung geradeheraus. Rosa war wehleidig, sie robust und so weiter. Bis zum letzten Atemzug war Martl dazu verflucht, sich in allem, was sie war und tat, mit ihrer Schwester zu vergleichen. Sie war nicht in der Lage, das Seil, an dessen Enden Rosa und sie zerrten, einfach aus der Hand gleiten zu lassen und sich wegzudrehen vom hübscheren, gefälligeren Gegenbild. Ich ließ mir nicht anmerken, in welche Bedrängnis mich ihre Rosatiraden brachten. Vieles stimmte ja. Meine Mutter stand wirklich oft und lang vor dem Spiegel, studierte jeden Winkel ihres Gesichts, um kleinste Falten schon im Frühstadium mit Schönheitscremes und Massagen bekämpfen zu können. Auch ihre Begeisterung für Arztbesuche ließ sich nicht bestreiten. Ich saß oft genug mit ihr in den Wartezimmern von Internisten, kardiologischen, orthopädischen oder irgendwelchen anderen Arztpraxen. Zugleich stieß mich Martls Furor ab. Was sie gegen Rosa vorbrachte, hatte eine gewisse Berechtigung. Aber wie sie es vorbrachte, besaß eine Manie und eine Übertreibungswut, die mir bisweilen nicht weit entfernt schienen vom echten Wahnsinn. Ich wollte nicht als Sekundantin des Schwesternduells dienen und hörte deshalb oft nur mit einem Ohr zu, wenn Martl zum ungezählten Mal einen besonders schweren Fall von Schokoladendiebstahl ausbreitete, den Rosa in der Kindheit begangen hatte.

Es muss sich kurz nach Ostern 1932 ereignet haben, denn Martl war im vorangegangenen Jahr eingeschult worden. Den langen Weg von der Schule nach Hause sollten die drei Schwestern gemeinsam zurücklegen. Aber daraus wurde oft nichts, weil Martl trödelte, sich auf halber Strecke plötzlich auf den Boden setzte, ihren Schulranzen ausräumte oder sich irgendeinen anderen Unsinn einfallen ließ, bis Bärbl und Rössche die Nase voll hatten und sie zurückließen. Wenn Martl endlich zu Hause ankam, saß die Familie schon um den Küchentisch. Sie wurde gescholten und durfte sich, nachdem meine Großmutter ihrem Mann ausgeredet hatte, der Sünderin zur Strafe das Mittagessen zu verweigern, schließlich dazusetzen. So wird es nicht immer, nicht an allen Schultagen gewesen sein, aber häufig genug, um als Musterbeispiel für Martls unerträgliches Benehmen ins Familiengedächtnis einzugehen.

An einem Tag lief Rössche besonders schnell nach Hause, um ihren Zeitvorsprung zu vergrößern. Sie hatte es auf Martls Schokoladenhasen abgesehen, der so intakt, wie Martl ihn am Ostermorgen in ihrem Nest gefunden hatte, unter ihrem Bett versteckt war. Bärbl hatte den angeknabberten Rumpf ihres Hasen bereits freiwillig an Rössche abgetreten. Als Martl in das Mansardenzimmer kam, in dem die Mädchen schliefen, sah sie ihren Hasen bereits zwischen den Händen der Schwester. Die bunte Folie um den Schokoladenkörper war zur Hälfte abgeschält, und mit einem einzigen Biss rissen Rössches Zähne den Hasenkopf samt Ohren ab.

Acht Jahrzehnte waren seitdem vergangen. Tante Martl saß in ihrem Altenheimzimmer auf dem Bettrand und ließ den Oberkörper nach vorne sinken. Ihre Hand griff nach meinem Unterarm. Manchmal erkannte sie mich noch, manchmal nicht. »Kenne Sie mei Schwester? Wisse Sie, was die gemacht hat?« Ich würde sie recht gut kennen, erwiderte ich, verschwieg aber, dass es sich um meine Mutter handelte. Ich wollte Martl nicht noch mehr aufwühlen. Sie starrte zum Linoleumboden, als liefe dort ein Film mit der Hinrichtungsszene des Osterhasen. »Die ganze Ohre«, schrie sie, »die ganze Ohre! Des war mei Has, und die hat den uffgefress!« Ich deutete zum Fenster, um ihren Blick auf die Kirchturmspitze zu lenken, die aus dem Panorama von Zweibrücken herausragte. In guten Momenten freute sie sich über den Anblick. Aber es war nichts zu machen. »Die hat den uffgefress«, schrie sie noch zorniger, »de ganze Has uffgefress, des war mei Has!« Ich ahnte, dass hinter der Geschichte vom geköpften Osterhasen bereits die von der falschen Geburtsurkunde lauerte, und fragte mich, ob die Demenz neben allem, was sie der Persönlichkeit eines Menschen antut, auch noch die Bösartigkeit besitzt, der Erinnerung nur noch Bitteres und Quälendes zur Verfügung zu stellen. Ich zählte Tante Martl auf, was sie Schönes erlebt hatte, ihre Autotouren nach Venedig und Rom, ihre Kreuzfahrt ans Nordkap, ihr Auftritt im Fernsehen, aber sie nickte nur mechanisch. Es gehörte ihr nicht mehr.

DIE ZWANZIG MINUTEN, WÄHREND derer die Mädchen morgens um den Frühstückstisch saßen und die Mutter reihum ihre langen Haare bürstete und zu Zöpfen flocht, stellten das Schwesterndrama in einer einzigen Szene dar. Bei Bärbl ging es schnell. Sie ließ sich brav frisieren, ihre dünnen Haare boten der Bürste auch kaum Widerstand. Rössche war als Zweite an der Reihe, bei ihr dauerte die Prozedur doppelt so lang. Sie hatte dickes, volles Haar und verließ das Haus mit einer Krone schneckenförmig umeinander geschlungener Zöpfe auf dem Kopf, die mit Klammern aufwendig befestigt werden mussten. Martl wehrte sich schon, bevor die Bürste ihre Haare auch nur berührte. Sie warf sich herum, umklammerte ihren Kopf mit beiden Händen und schrie, als sollte sie skalpiert werden. Der Tag begann mit Martls Zinnober, und oft setzte er sich damit fort, dass der Vater zu einem kräftigen Schlag ausholte, der Martls Wange, ihren Hinterkopf oder ihren Rücken traf, wo er das widerspenstige Ding eben erwischte.

Bärbls Platz befand sich auf der Äquatorlinie zwischen den Polen Rosa und Martl. Sie besaß weder den Liebreiz der mittleren noch die Bockigkeit der jüngsten Tochter. Bärbl war groß, ein wenig steif und keine besondere Schönheit. Aber das machte ihr nichts, Ordnung bedeutete ihr schon in ihrer Kindheit mehr. Sie faltete allabendlich sämtliche Stücke, die sie in ihrem Turnbeutel verwahrte, neu zusammen, obwohl sie den Turnunterricht hasste und nie der geringsten sportlichen Betätigung nachging. Sie fuhr nicht Fahrrad, sie fuhr nicht Schlitten, sie lernte trotz des Körperlichkeitskultes der NS-Zeit nicht einmal schwimmen. Von allen Arbeiten im Haushalt war ihr die liebste das Sortieren des Besteckkastens. Bereits als kleines Mädchen beschäftigte sich Bärbl leidenschaftlich gern damit, den Kasten komplett auszuräumen, Suppenlöffel, Kaffeelöffel, Messer und Gabeln mit einem essiggetränkten Lappen zu putzen und penibel wieder einzuräumen.

Von Bärbls Passion für blitzendes Besteck konnte ich mich Jahrzehnte später mit eigenen Augen überzeugen. Nach dem Tod meiner Mutter, die als erste der drei Schwestern starb, kam sie mit ihrem Mann und Martl zur Beerdigung aus der Pfalz nach Herzogenaurach. Ich holte die drei vom Bahnhof ab und quartierte sie im Bungalow meiner Eltern ein, in dem nun niemand mehr lebte. Mein Vater war ein paar Monate zuvor gestorben. Im ersten Moment erschien es mir pietätlos, auch ein wenig gespenstisch, das Haus für einen Beerdigungsaufenthalt zu nutzen, als sei es ein Urlaubsdomizil, in dem man sich behaglich einrichtet und das man als Erstes gut durchlüftet. In meiner Heimatstadt ins Hotel zu gehen, wäre jedoch mindestens so befremdlich gewesen, vor allem für meine Tochter. Sie war sechs Jahre alt. Wir waren schon zwei Tage vor der Beerdigung aus Berlin angereist. Sie fürchtete sich kein bisschen vor dem leer stehenden Haus, im Gegenteil. Sie war stolz, mir zeigen zu können, wie gut sie sich auch ohne Oma und Opa in deren alltäglicher Ordnung auskannte, wie hoch der Wasserpegel in der Kaffeemaschine zu sein hatte, wie die Kissen im Fernsehsessel meines Vaters anzuordnen waren. Sie sah nicht die Zäsur des Todes, sondern das Gleichbleibende des Lebens, und als wir im Badezimmer einen blauen und einen grünen Waschlappen nebeneinander hängten, wie wir es bei unseren Besuchen immer gemacht hatten, konnte ich es genauso sehen.

Mein Bruder, der in München arbeitete, wollte von dort direkt zum Friedhof fahren. Am Vormittag der Beerdigung kamen Bärbl, ihr Mann und Martl an. Ich hatte für Punkt 12:30 Uhr ein Mittagessen vorbereitet, da ich wusste, dass die nervliche Verfassung der drei Alten auf ihren gewohnten Zeitplan angewiesen war. Die Beerdigung sollte um 15 Uhr stattfinden. Die Zeit bis dahin nutzte Bärbl, um das fast nie aufgelegte und angelaufene Silberbesteck meiner Mutter auf Hochglanz zu bringen. Sie saß in schwarzer Trauerkleidung in der Küche, tränkte ein Geschirrhandtuch mit Essig und wienerte damit das gesamte Besteck. Der Essiggeruch hing noch eine Woche später in den Räumen, als ich den Bungalow mit den heruntergelassenen Rollläden abschloss.

Bärbl eckte nicht an und gehorchte aufs Wort. Sie war die fügsamste der Schwestern, aber deshalb keineswegs willensschwach. Sie wusste sich ihr Leben lang recht gut durchzusetzen, aber ihre Wünsche – ein solider Ehemann, ein oder zwei Persianermäntel, eine mit schönem Porzellan gefüllte Vitrine, ein penibel gepflegter Haushalt – fügten sich so glatt in bürgerliche Konventionen, dass sie nie auf Widerstand stießen. Trotz großen Fleißes brachte es Bärbl in der Schule nur zu mittelmäßigen Noten. Mehr erwarteten ihre Eltern auch nicht von ihr. Das Wort »Begabung« wurde, anders als bei Rosa, im Zusammenhang mit Bärbl nie verwendet.

Sie wurde von keinem Elternteil bevorzugt oder benachteiligt. Auch die Sorgen um Bärbl waren gleichmäßig verteilt. Als Kind und noch als Jugendliche war Bärbl eine sehr schlechte Esserin. Schließlich empfahl der Kinderarzt, ihr täglich einen Löffel Lebertran zu verabreichen, und seltsamerweise ekelte sich Bärbl, die sich vor vielem ekelte, ausgerechnet vor dem bitter-fischigen Geschmack von Lebertran nicht. Er kam aus einer Flasche, die Flasche aus einer Apotheke. Er war folglich auf dem Weg zu Bärbls Mund mit keiner jener Substanzen und Lebewesen in Berührung gekommen, die nach Bärbls Meinung an vielen Esswaren klebten. Alles, was im Garten wuchs und von dort, selbstverständlich gewaschen, auf den Teller kam, war Bärbl ein Graus. Im Salat sah sie Schnecken kriechen, in Äpfeln und Kartoffeln erahnte sie Würmer, an Radieschen, Erdbeeren, Blaubeeren, selbst an Mirabellen entdeckte sie Spuren von Erde. Milch musste zwei Mal durch ein Sieb gegossen werden, bevor Bärbl bereit war, ein Glas davon zu trinken. Erstaunlicherweise hatte ihr Vater an diesem Getue nichts auszusetzen, vermutlich, weil Bärbl ansonsten keine Schwierigkeiten machte. Ihr Ordnungs- und Sauberkeitsfimmel galt als die exzentrischste Eigenschaft ihres gemäßigten Charakters. »Bärbl war schon immer etepetete«, hieß es über die Erstgeborene. Im Stillen war damit gemeint: Es gibt Großartigeres, aber auch Schlimmeres an einem Kind.

Bärbl entwickelte sich erst zu einer ungehemmt zulangenden Esserin, ja zu einer ausgesprochen stattlichen Frau, als in der Wirtschaftswunderzeit Dosennahrung in Mode kam. Noch später begeisterte sie sich für das Desinfektionsmittel Sagrotan. Sie kaufte Flaschen davon im Dutzend und fand im Desinfizieren des Haushalts große Befriedigung. Wenn ich bei ihr in Kaiserslautern zu Besuch war und mir vor dem Essen die Hände wusch, wartete sie ungeduldig, bis ich fertig war, sie einen Putzschwamm mit Sagrotan begießen und das Waschbecken ausreiben konnte. Kaum hatte ich den letzten Bissen hinuntergeschluckt, gab sie mir mit einem Nicken zu verstehen, ich möge mich nun unverzüglich wieder zum Händewaschen begeben. Ich spielte brav mit. Ich merkte, welche Lust sie den Sagrotan-Prozeduren abgewann. Genau genommen war es die einzige Freude, die ihr meine Aufenthalte bereiteten. Einer der Gründe, weshalb sie sich nie eigene Kinder wünschte, dürfte ihre Furcht vor Unordnung gewesen sein. Anders als Martl, die ich viel öfter und lieber besuchte, fehlte Bärbl auch jede Idee, was mit einem Kind anzustellen sei, nachdem man es beim Händewaschen überwacht, seinen Haarscheitel nachgezogen und seine Straßenschuhe vom letzten Erdkrümel befreit hatte. Tante Martl hatte immer Ideen. Sie ging mit mir zum Ponyreiten auf Bauernhöfe, besorgte Eintrittskarten für den Zirkus, bei Regen backte sie mit mir Kuchen. Sie dachte sich sogar Kreuzworträtsel auf Kinderniveau aus. Fast jeden Sommer fuhr mich mein Vater mit dem Auto nach Zweibrücken, nach drei Wochen holte er mich wieder ab. Der einzige Wermutstropfen meiner Aufenthalte waren Tante Martls Rosatiraden.

Sie wusste, was ich auf der Kirmes am meisten liebte, Kettenkarussellfahren, und bezahlte am Kassenhäuschen immer gleich für fünf Runden. Ich flog durch die Luft und sah sie von unten zu mir heraufwinken. Einmal, ich war neun oder zehn Jahre alt, wollte ich unbedingt, dass sie mit mir flöge. Am Ende der fünf Runden rannte ich zu ihr. »Isch will net«, wehrte sie barsch ab, »isch bin doch ke Hanswurscht, wo sisch vor de Leut blamiert.« Ich packte sie am Unterarm, wie sie es bei mir oft machte, und zerrte sie zum Kassenhäuschen. Instinktiv wusste ich, die Kassiererin wäre auf meiner Seite. Wir bräuchten schnell noch zwei Karten, rief ich ihr zu und hielt Martl wie ein trotziges Kind, das bei Rot über die Ampel rennen will, mit aller Kraft fest. Die Kassiererin lehnte sich nach vorne, um unser seltsames Gerangel aus der Nähe zu betrachten, riss von der Ticketrolle zwei Karten und hielt sie uns auffordernd hin. Tante Martl saß in der Falle. »Du überrenscht mich, des isch mei letztsche Kirmesch mit dir«, zischte sie und holte ihren Geldbeutel heraus. Damit jeder sehen konnte, dass sie hier nur einem launischen Kind zuliebe bei einer Narretei mitmachte, stieg sie übertrieben umständlich in den Sessel des Karussells ein. Es begann sich zu drehen, nach ein paar Metern schwebten wir über dem Boden, bei der nächsten Runde lag das Kirmesgelände schon weit unter uns. Ich schaute zu meiner Tante hinüber und hoffte, es würde ihr nicht schwindlig oder übel. Mit den Händen umklammerte sie ängstlich die seitlichen Metallgriffe des Sessels, aber in ihrem Gesicht sah ich den lachenden Jubel, nach dessen Ausdruck ich mich gesehnt hatte.

Alle in der Familie, meine Großeltern, Bärbl und meine Mutter konnten sich spontan freuen, über einen gelungenen Witz, eine feine Mahlzeit, den ersten Schnee im Winter. Martl aber freute sich auf eine ganz besondere Weise. Sie schien sich in einen anderen Menschen zu verwandeln, als wäre ein Licht angeschaltet worden, das sie in verzückten Enthusiasmus versetzte. Als wäre der Anlass der Freude doppelt beglückend, weil sie nicht damit gerechnet hatte, ihn zu erleben. »Ursi! Komm schnell!«, rief sie, wenn sie beim Geschirrabtrocknen am Küchenfenster stand und über dem Hügel auf der anderen Seite von Zweibrücken einen Regenbogen entdeckt hatte. Sie ließ das Handtuch fallen, umfasste meinen Arm und stieß lange helle Freudenseufzer aus: »Ei guck doch, wie scheen! Was für Farbe, und wie des leuscht!« Niemand in der Familie konnte nachvollziehen, weshalb Martl von Reisen in andere Länder, von fremden Landschaften und berühmten Städten träumte, am wenigsten Bärbl. Machte sie Urlaub mit ihrem Mann, was nicht oft geschah, da Bärbl sich selten erholungsbedürftig fühlte und noch seltener Lust auf das Kennenlernen fremder Orte verspürte, vermied sie Länder, von denen sie annahm, es gebe dort Restaurants, die auf unüberdachten Terrassen servierten. Auch wenn es winzigste, mit bloßem Auge nicht erkennbare Tierchen wären, irgendetwas Ekelhaftes würde aus der Luft heruntersegeln und in ihrem Essen landen.

STREIT ZWISCHEN GESCHWISTERN erscheint mir normal. Ich habe meinem eigenen Bruder schlimm zugesetzt, wenn er nicht bereit war, mit mir Winnetou und Nscho-tschi zu spielen, und es vorzog, sich in seine Hälfte unseres Zimmers zu verkriechen und ein Geschichtsbuch nach dem anderen zu verschlingen. Er wurde, was niemand verwunderte, promovierter Historiker. Ich aber wollte einen Indianer oder wenigstens einen Westernhelden zum Bruder. Er lümmelte in seinem Sessel und ließ sich nicht aus der Ruhe bringen, er bemerkte nicht einmal, dass ich als Squaw verkleidet vor ihm stand, bettelte und schrie. Vor Zorn ging ich einmal in die Küche, holte eine leere gläserne Milchflasche und warf sie ihm an den Kopf. Ich war sechs, mein Bruder neun Jahre alt. In null

Komma nichts war sein Gesicht blutüberströmt. Meine Mutter kam angerannt und presste Tücher auf die Platzwunde, mein Vater telefonierte mit unserem Hausarzt. Eine Viertelstunde später klingelte er an der Wohnungstür. Ich verkroch mich in meine Zimmerecke und fühlte mich so schuldig wie nie zuvor und kaum je danach. Die Wunde musste in der dreizehn Kilometer entfernten Klinik genäht werden.

Um das Ausmaß meines Verbrechens zu begreifen, wurde ich vergattert, mitzufahren. Mein Vater saß stumm am Steuer unseres Volkswagens, ich versank im Beifahrersitz, auf der Rückbank bettete meine Mutter den Kopf des Attentatopfers in ihren Schoß. »Einen Zentimeter tiefer, und er wäre blind«, sagte sie mit zitternder Stimme. Ich hörte, wie sie hinter mir nach Luft rang. »Oder tot!«, schrie sie japsend. »Umgebracht im eigenen Zimmer von der eigenen Schwester!« Mein Vater räusperte sich. Das wäre vielleicht doch übertrieben, murmelte er, was meine Mutter noch mehr aufbrachte. »Sie hat auf die Schläfe gezielt! Wenn man jemanden ermorden will, zielt man auf die Schläfe!« Ich schielte zu meinem Vater hinüber. Er schüttelte leicht den Kopf. Ich solle, gab er mir damit zu verstehen, jetzt bloß den Mund halten. Die Erörterung von Mordtechniken würde uns sonst bis in die Klinik begleiten. Das tat sie auch so. Der Fall des kleinen Patienten, der durch eine Gewalttat seiner noch kleineren Schwester zu Schaden gekommen war, löste schon am Anmeldeschalter der Klinik blankes Entsetzen aus. »Mit einer Glasflasche?«, fragte die Frau am Empfang entgeistert. »Sie hat ihn mit einer Glasflasche geschlagen?« Der Arzt, der eine Stunde später die Wunde nähte, sah voller Verachtung auf mich hinunter. In ein paar Jahren, sagte sein Blick, können die armen Eltern ihre offenkundig kriminell veranlagte Tochter in einer Haftanstalt besuchen. Nur mein Bruder regte sich nicht auf. Als wir endlich wieder zu Hause waren, beschwor er meine Eltern, die sich nicht einigen konnten, welche Strafen für mich angemessen seien, von solchen um Himmels willen abzusehen. »Es handelt sich hier nicht um ein historisches Drama«, sagte er in seiner etwas altklugen Art. Die Milchflasche habe eben eine ungünstige Flugbahn genommen und sei versehentlich an seiner Stirn gelandet. Er wollte einfach nur in seinen Sessel zurückkehren und mit dem Verband um den Kopf ungestört weiterlesen. Anders als ich hat er auch keinerlei Erinnerung an das schauderhafte Ereignis.

Aus den Erzählungen von Rosas und Martls Streitereien hörte ich etwas unnormal Grausames heraus. Die eine zerschnitt absichtlich das Kleid der Puppe, die der anderen gehörte. Diese rächte sich, indem sie der Täterin ein ganzes Haarbüschel vom Kopf riss. Bärbl wurde in die Kämpfe ihrer Schwestern nicht verwickelt, aber häufig von meiner Großmutter als neutrale Zeugin befragt. Mein Großvater gab ohnehin Martl die Schuld. Wenn sie wieder einmal verhauen worden war, konnte Rössche es nicht lassen, vor den Nachbarskindern auf den roten Abdruck einer Ohrfeige im Gesicht der kleinen Schwester zu deuten. Die Tatsache, dass mein Großvater seine jüngste

Tochter züchtigte, wurde von der Familie im Rückblick wie der Wasserschaden bedauert, der beim Löschen eines Feuers entstanden ist, als unvermeidliche Konsequenz des Aufruhrs, den Martl mit ihren Trotzanfällen und ihrem Ungehorsam ins Haus brachte. Nie sahen Bärbl oder Rössche – sie schon gar nicht – die erhobene Hand des Vaters drohend auf sich zukommen, nur Martl. Nur auf der Jüngsten entlud sich der Jähzorn des Vaters, der wohl insgeheim nie aufhörte, in ihr einen Jungen zu sehen, wenn auch einen missratenen. Selbst in der damaligen Zeit, als das gesetzliche Verbot elterlicher Züchtigung noch sieben Jahrzehnte auf sich warten ließ, dürfte ein Vater, der eine Tochter prügelt, eher eine Ausnahme gewesen sein. Zu Martls körperlicher Pein muss die Demütigung gekommen sein, als Mädchen verdroschen zu werden wie in den Familien rundherum nur die Buben. Je aufsässiger sie sich benahm, desto sicherer konnte sie sein, vom Vater beachtet zu werden, wenn auch auf die schlimmstmögliche Weise.

Vom heftigsten Gewaltausbruch meines Großvaters habe ich lange nur in Andeutungen gehört. Er wurde als »de schlimm Tach« oder »de schlimm Sach« umschrieben. Ich wusste nur, dass er sich am Tag von Bärbls Kommunion auf dem Weg zur Kirche ereignet hatte. Das Haus meiner Großeltern lag am Rand von Zweibrücken auf einer Anhöhe. Es war eines der ersten Wohnhäuser, die in der Zwischenkriegszeit auf dem Hang erbaut worden waren. Erst nach dem Zweiten Weltkrieg, als Mietshäuser und Bungalows aus dem Boden schossen, verlor er den Charakter lose besiedelter Landschaft. Entlang der steilen Straße, die nach unten in die Innenstadt, nach oben zu den nächsten Dörfern und ab den Siebzigerjahren zu einer Autobahnauffahrt führte, eröffneten eine Metzgerei, ein Bäcker, ein kleiner Supermarkt und ein Damenfriseur, dessen Inhaber mir in den Sommerferien einmal die Haare entsetzlich verschnitt. Oft ging ich mit meiner Tante die Straße hinunter, um mit ihr Einkäufe zu erledigen oder in der kleinen Fußgängerzone der Innenstadt zu bummeln.

Wenn wir an der Stelle vorbeikamen, die ich für den Schauplatz des Vorfalls hielt, lauerte ich auf einen unwillkürlichen Reflex im Verhalten meiner Tante, ein Stöhnen oder eine Kopfbewegung. Aber sie ließ sich nie etwas anmerken. Und als sie mir die Geschichte schließlich erzählte, war sie schon alt und längst nicht mehr in der Lage, den Hügel hinunter- und wieder hinaufzulaufen. Wir saßen nebeneinander auf ihrem Wohnzimmersofa und beugten uns über ein Kreuzworträtsel. Tante Martl war mir beim Ausfüllen der Buchstabenkästchen haushoch überlegen, sie kannte jeden Fluss, jede Hauptstadt, jeden Nobelpreisträger. »Isch brauch ke Lexikon und ke Atlas«, sagte sie stolz und tippte sich an die Stirn, »des isch all noch in meim Kopp. Isch hab nix vergesse.« Mit ihrem guten Gedächtnis, setzte ich vorsichtig an, würde sie sich doch bestimmt an Bärbls Kommunion erinnern. »Jo.« Ich fragte sie nicht direkt, was damals eigentlich geschehen war. Ich fragte nur, ob das Kleid, das sie bei Bärbls Kommunion trug, wirklich zitronengelb gewesen sei, um ihr den Eindruck vermitteln, den Hergang des Dramas schon zu kennen, vielleicht durch meine Mutter. Sie hatte Martls gelbes Kleid tatsächlich einmal erwähnt, mehr nicht. »Ursi«, sagte meine Tante und fasste nach meinem Unterarm, »des war ke guter Tach.« Sie wusste noch fast jedes Detail, und was sie nicht erzählte, konnte ich mir dazudenken.

Zu fünft verließ die Familie in Festtagskleidung am Morgen das Haus. Das Kommunionkind ging an der Hand der Mutter, Rössche an der des Vaters. Martl stapfte den zwei Paaren hinterher. Diese Choreografie, in der Martl den Außenseiterposten bezog, dürfte keine Ausnahme, eher die Regel gewesen sein. Alle paar Meter drehte sich die Mutter zu Martl um, in ihrer missmutigen Miene sah sie ein Gewitter aufziehen. Immer hatte sie ein Auge auf die Tochter, die ihren Mann so störte. Sie schützte Martl durch ein stillschweigendes Bündnis, mehr nicht. Eine Ehe, in der die Frau dem Mann nicht nur die Verwaltung der Finanzen und das Fachsimpeln mit dem Schornsteinfeger abnimmt, sondern auch noch die Autorität in Erziehungsfragen, war für meine Großmutter unvorstellbar. Sie fiel ihm nicht in den Arm, wenn er Martl schlug, sie versuchte ihn höchstens zu ermahnen: »Werner, jetz hörsche auf, du schlägsch das Kind noch tot!«

Sie gingen den Hügel hinunter, und plötzlich war es so weit. Mit wildem Kreischen warf sich Martl in das hochgewachsene Gras neben dem Gehweg. Sofort war die Mutter bei ihr, um sie hochzuziehen und auf den Weg zurückzubefördern, aber sie kam gegen Martls Gezappel nicht an. Ihr Vater zögerte nicht. Er riss den Ledergürtel aus dem Bund seiner schwarzen Anzughose, schlang ihn zu einer kurzen Rute und schlug mit weiten Armschwüngen auf Martl ein. Sie wand sich vor Schmerz, aber sie wälzte sich nicht weg, um den Peitschenhieben zu entkommen. Sie klammerte sich stattdessen mit beiden Händen am Bein meines Großvaters fest, bohrte ihre Finger in seine Wade, was ihn wohl vollends vergessen ließ, dass er hier ein Kind malträtierte und nicht mit einem übermächtigen Drachen rang. Martl ließ einfach nicht locker. Sie hing am Vater fest. Als er endlich zur Besinnung kam und ihr mit dem herabhängenden Gürtel in der Hand den Rücken zukehrte, ließ sie sich immer weiter von seinem Bein mitschleifen.

Warum? »Da fragsche misch zu viel. Ursi, isch wes es net.« Sie schloss das Kreuzworträtselheft, griff zur Fernbedienung des Fernsehers und sagte, als auf dem Bildschirm schon der Küchenchef ihrer Lieblingskochsendung in langer weißer Schürze erschien und das Vorführmenü der kommenden sechzig Minuten ankündigte: »Isch wes es net. Isch wollt ja gar net fort.«

Rössche hielt sich mit spitzen Kommentaren ausnahmsweise zurück. Bärbl weinte aus allen Schleusen, sie sah ihren Festtag in einer Katastrophe münden und schrie unentwegt »weg, weg, weg.« Vielleicht wollte sie damit die Familie zum Weitergehen bewegen, um ja nicht den Einzug der Kommunionkinder durch den Mittelgang der

Kirche zu verpassen. Vielleicht wollte sie dazu aufrufen, Martl, den ewigen Störenfried, zu vertreiben. Auch die Mutter, die sonst still litt, wenn ihr Mann Martl schlug, war der Ansicht, diesmal hätte sie es verdient. Als Martl endlich ihre Hände von den Beinen des Vaters löste und sich, immer noch kreischend und heulend, auf den Rücken drehte, waren auf ihrem gelben neu geschneiderten Kleid die Schleifspuren zu sehen, die das Gras in den Stoff gedrückt hatte. Grüne Flecken vom Halsausschnitt bis zum Saum, die sich nie wieder herauswaschen ließen. Das Kleid war ein für alle Mal verdorben. Und diese mutwillige Zerstörung betrachtete die Mutter als Anschlag auf ihr Heiligstes, die sparsame Führung des Haushalts. Der Vater setzte mit zweien seiner Töchter den Weg zur Kirche fort, die Mutter ging mit Martl zum Haus zurück, um ihr ein anderes Kleid anzuziehen. Als sie in der Kirche ankamen, näherte sich die Kommunionsmesse bereits dem Ende.

Lange wurde in der Familie danach nicht mit Martl gesprochen. Wie lange? Drei Tage? Eine Woche? Noch länger? Wie sollte sie sich als alte Frau an die Dauer des Strafschweigens erinnern? Für einen Erwachsenen können sieben stumme Tage erträglich, für ein Kind schon zwei Stunden unendlich sein. Am Abend der Milchflaschentragödie wurde ich von meiner Mutter wie Luft behandelt. Sie schaute mich nicht an und redete nicht mit mir. Es wäre mir lieber gewesen, sie hätte geschimpft, geschrien und ihre übersteigerten Mordanschuldigungen fortgeführt. Ihre stumme Missachtung stieß mich ins

Leere und nahm selbst meinen Schuldgefühlen den Halt. Sie war schlimmer, als es die greifbaren Strafen gewesen wären – einwöchiges Fahrradverbot oder Spielplatzverbot –, die mein Vater für zu hoch und mein Bruder für unangebracht gehalten hatten.

HITLERS MACHTANTRITT KAM dem beruflichen Aufstieg meines Großvaters zugute. Zunächst machte er Karriere in dem Gefängnis von Zweibrücken, in dem er bis dahin einfacher Wärter gewesen war. Auf das Leben der Familie wirkten sich diese Beförderungen nur insofern aus, als er jetzt etwas mehr verdiente. Sein nächster Schritt veränderte hingegen das gesamte Lebensgefüge. Im Jahr 1937 wurde ihm der Posten des Gefängnisdirektors von Kaiserslautern angeboten. Die Familie durfte sich nun der bürgerlichen Beamtenschicht zurechnen, nur musste sie dafür ihre Heimatstadt und das Haus verlassen und fast ihr gesamtes Mobiliar im Keller einlagern. Der Umzug fiel vor allem meiner Großmutter schwer. Sie hing an jedem Quadratmeter des Hauses, dessen finanziell mühsamer Kauf nur ihrem geschickten Umgang mit Geld zu verdanken war. Es an Fremde zu vermieten, kostete sie Überwindung. Sie hing am Garten, der damals noch die Größe zweier Felder besaß und den sie bewirtschaftete wie ihr ureigenstes Reich.

Am neuen Wohnsitz gab es keinen Garten. Die Dienstwohnung des Gefängnisdirektors bot Komfort, mit dem sich der des Hauses nicht messen konnte. Sie hatte eine Zentralheizung, zwei Badezimmer statt einem, eigene Zimmer für alle drei Töchter und sogar ein Zimmer für das Dienstmädchen, das der Direktorengattin zur Hand ging. Aber sie war, bei allen Vorzügen ihrer Ausstattung, ein Teil der Haftanstalt. Sie ließ sich nur durch die Gefängnispforte erreichen. Wenn meine Großmutter vom Einkaufen, Bärbl von der Arbeit, Rosa und Martl aus der Schule zurückkehrten, gingen sie am Wachpersonal vorbei durch die Pforte und bogen in einen seitlichen Flur ab, der zur Wohnungstür führte. Es fehlte den Zimmern nicht an Licht. Sie hatten hohe Fenster, aber über deren gesamte Außenfläche zogen sich stählerne Gitter, und es braucht nicht einmal Küchenpsychologie, um sich auszumalen, wie bedrückend das Leben an einem Ort, dessen Sinn in Bestrafung liegt, auf ein Kind wirken musste, das es gewohnt war, oft und hart bestraft zu werden.

Martl war zwölf, als die Familie nach Kaiserslautern zog, Rössche vierzehn und Bärbl sechzehn. Die Alltagswelten der Mädchen entfernten sich voneinander. Bärbl hatte noch in Zweibrücken am Mädchenlyzeum die mittlere Reife abgelegt und ein Jahr an einer Handelsschule verbracht, wo sie Buchhaltung und Maschineschreiben lernte. Sie trat in das Büro einer Versicherungsgesellschaft ein und kam erst zum Abendessen nach Hause. Für Rössche ging ein Traum in Erfüllung, der Besuch eines großstädtischen Mädchengymnasiums, an dem außer Französisch auch Latein und sämtliche naturwissenschaftlichen Fächer unterrichtet wurden. Anders als das Klischee es erwarten ließe, hatte die Natur nicht bei derjenigen Schwester, die als Schönheit galt, mit Intelligenz gespart und sie zum Ausgleich der Reizloseren überlassen. Rössche triumphierte in beidem. Sie war eine Einserschülerin in allen Fächern, außer in Turnen. Und sie erregte mit ihrem Charme, ihrer Unterhaltsamkeit und aparten Erscheinung überall Aufsehen. Sie genoss es, sich auf der Bühne der größeren Stadt zu bewegen. Die Erfüllung ihrer zwei anderen Träume schien zum Greifen nah, die Heirat mit einem Prinzen und ein Medizinstudium. Denn Rössche hatte es sich in den Kopf gesetzt, Ärztin zu werden.

Ich kenne wenige Menschen, die so früh und so lodernd für einen Berufswunsch brannten wie meine Mutter. Sie hing ihm noch nach Jahrzehnten an, als hätte sie sich nicht damit abgefunden, nie einen Fuß in die medizinische Fakultät einer Hochschule setzen zu dürfen. Bis heute spüre ich den Druck, den ihr unerfüllter, auf ihre Kinder übertragener akademischer Ehrgeiz ausübte. Er war fanatisch. Anders kann ich die Versessenheit, mit der sie meine schulischen Leistungen und die meines Bruders zum Zentrum unserer Kindheit und Jugend, ja unseres Familienlebens machte, nicht nennen. Kein Hobby, kein Sport, keine Freundschaft, auch kein Musikinstrument sollten uns ablenken vom Lernen. Die Macht, die uns beherrschte, hatte einen Namen, der aus dem Mund meiner Mutter wie ein himmlisches Versprechen klang:

humanistisches Gymnasium! Großes Latinum, sieben Jahre Altgriechisch! In Herzogenaurach gab es kein humanistisches, es gab überhaupt kein Gymnasium. Mein Bruder und ich waren sogenannte Fahrschüler. In unseren ersten Jahren am Gymnasium verließen wir morgens um sechs das Haus, liefen zum Bahnhof, mussten einmal umsteigen, bis wir um halb acht in der Universitätsstadt Erlangen ankamen, wo uns noch ein zwanzigminütiger Fußmarsch bis zur Schule erwartete. Nach sechs Stunden Unterricht legten wir den Weg wieder zurück. Später wurde ein Schulbus eingerichtet, und die Fahrerei dauerte nicht mehr ganz so lang.

Wenn wir Zeugnisse nach Hause brachten, fragte meine Mutter als Erstes, ob es Schüler mit besseren gebe. Unsere Schulnoten waren das Barometer, nach dem sich die familiäre Wetterlage bemaß. Bei einer Drei verdunkelte sich der Horizont, eine Vier löste einen Orkan aus, der sich über die gesamten Sommerferien hinziehen konnte. Meine Jugend litt eindeutig unter Lernterror. Je älter ich werde, desto mehr bin ich allerdings bereit, in mein Urteil mildernde Umstände einzubeziehen. Von dreißig Mädchen der katholischen Volksschulklasse in Herzogenaurach war ich die Einzige, deren Eltern zu Beginn der Sechzigerjahre alle Hebel in Bewegung setzten, um sie aufs Gymnasium zu schicken. Und ich war keineswegs die Begabteste. Neben mir in der Bank saß Monika. Vier Wochen nach der Einschulung konnte sie fließend lesen, in der dritten Klasse gab sie den Fünftklässlerinnen Nachhilfe in Rechnen. Monikas Eltern besaßen eine Schreinerei, wirtschaftlich standen sie besser da als meine, aber es wäre ihnen nicht in den Sinn gekommen, Monika auf eine höhere Schule zu schicken. Sie wurde Arzthelferin, zweifellos ein guter Beruf, der allerdings, was ihr selbst bewusst sein musste, ihrer Hochbegabung nicht im Geringsten entsprach. Ich sehe Monika, wie sie neben mir in der Bank vereiste, als die Lehrerin verkündete, eine aus der Klasse, nämlich ich, habe eine Woche Sonderferien. An drei Tagen dieser Woche legte ich im April 1967 die Aufnahmeprüfung am humanistischen Gymnasium in Erlangen ab. Es waren furchtbare Tage, ich fühlte mich wie vor dem Letzten Gericht. Aber sie bargen, das muss und will ich gelten lassen, eine Lebenschance.

Martl besuchte dasselbe Mädchengymnasium wie Rössche, zwei Klassenstufen unter ihr. Sie hatte nicht deren vorzügliche Noten, aber gute, für die sie sich mehr anstrengen musste. Anders als die Schwester, die sich der neuen Umgebung euphorisch hingab, versank Martl in Schwermut. So nannte sie es mir gegenüber selbst einmal. Der Begriff Depression zählte nicht zu ihrem Vokabular. Sie fand keine Freundinnen, eckte bei den Lehrern an, wurde allein in die hinterste Reihe der Klasse gesetzt und verbrachte die Nachmittage damit, in ihrem Zimmer zu hocken, an die Wand oder an die vergitterten Fenster zu starren. »Weschte, was isch mir da gewünscht hab?« Ich ahnte es. Der Wunsch nach einem Hund zog sich durch Martls gesamtes Leben. »E klee lieb Hundsche. Aber des war jo verbote im Gefängnis.«

Nach dem Ausbruch des Zweiten Weltkriegs wurde das Gebiet an der französischen Grenze von deutschen Bewohnern geräumt. Die Dienstwohnung des Gefängnisdirektors erhielt Zuwachs durch Verwandte, die erst nach der Niederlage Frankreichs 1940 wieder verschwanden. Martl musste sich mit Bärbl deren Zimmer teilen. Ihr eigenes wurde von der herrischen Großtante väterlicherseits beschlagnahmt, die ihr nachdrücklich zu verstehen gab, dass es ihre Pflicht gewesen wäre, ein Enkelsohn zu werden. Rössche verteidigte ihr Zimmer erfolgreich gegen den Großvater mütterlicherseits, der schließlich im Dienstmädchenzimmer unterkam. Er war um die Jahrhundertwende nach Amerika ausgewandert, hatte mehrere Jahre in New York verbracht und von dort Sitten importiert, unter anderem den Verzehr von stark riechendem Knoblauch, die im engen Zusammenleben zu permanenten Streitereien führten. Rössche erfreute sich am Wohnungstumult, an ihrer Stellung als Liebling der Erwachsenen änderte er auch nichts. Martl aber fühlte sich immer weiter an den Rand gedrängt, und unbemerkt, so glaube ich, begann sie schon damals, auf Kosten ihres eigenen Lebens an dem der anderen wie eine Souffleuse teilzunehmen, die sich im Schatten hält und aushilft, wenn die Darsteller im Text hängen bleiben.

Rosa war der Schwarm des gesamten Jungengymnasiums. Schon deshalb hatte Martl nichts Besseres zu tun, als verächtlich auszuspucken, wenn sie auf dem Schulweg von einem Jungen scheu angelächelt wurde. Wie Rosa sich immer mehr in die Rolle der Diva verstieg, so versteifte sich Martl endgültig auf die des Entleins neben dem Schwan. Das lautstarke Toben ihrer Kindheit verformte sich mit der Zeit zu einer abweisenden Patzigkeit, die ich zur Genüge kennenlernte. Die Stimmungsumschwünge meiner Tante waren oftmals schwer zu berechnen. Machte ich ihr ein Kompliment, wusste ich nie, ob sie vor Freude erstrahlen oder vor Ärger ergrimmen und mich anraunzen würde. »Red doch ke Dummheite! Dei Lüsche kannsche grad für disch behalte.« Bereitete ich in ihrer Küche das Frühstück vor, bevor sie aus dem Badezimmer kam, war ich auf eine Lotterie möglicher Reaktionen gefasst. Es konnte sein, dass sie entzückt in der Küchentür stand, in die Hände klatschte und »Ohh wie scheen! Isch wird verwehnt wie im Hotel!« ausrief. Es konnte aber auch sein, dass sie mich verärgert vom Küchentisch wegstieß. »Gehsche weg vo meine Sach! Du hascht doch ke Ahnung, wie isch mei Kaffee trink.«

DIE FLOSKEL, EIN MENSCH sei so schön, wie er sich fühle, erwies sich im Fall der zwei Schwestern als richtig. Rosa hatte von sich das Bild einer ausnehmend schönen, Martl von sich das Bild einer unauffälligen Frau. Dies prägte ihr Verhalten gegenüber Menschen, und deren Reaktion bekräftigte wiederum die Selbstbilder der Schwestern. Meine Mutter ließ sich, was mir oft peinlich war, ungemein gern fotografieren. Sie setzte voraus, dass es ein Genuss war, sie anzusehen, und schon deshalb war es das auch. Eisern um den Kontrast zur Schwester bemüht, war Martl unfähig, sich vorteilhaft in Szene zu setzen oder gar zu posieren, ja sie wich dem Gesehenwerden überhaupt aus. Auf vielen Familienfotos ist von ihr nur ein Haarschopf oder eine vertikale Körperhälfte zu sehen. Im letzten Moment, bevor das Foto aufgenommen wurde, hatte sie sich offensichtlich weggedreht und hinter den anderen versteckt.

Wenn meine Mutter die Tür eines Zugabteils öffnete oder einen Kinosaal betrat, suchte sie sich nicht einfach einen Platz. Sie hielt für ein paar Momente inne, lächelte in alle Richtungen, als wolle sie der Versammlung Zeit geben, das Erscheinen einer attraktiven Dame zu registrieren. Nie habe ich bei meiner Tante Derartiges erlebt. Ich war so daran gewöhnt, in meiner Mutter, zumindest bis zu ihrer Lebensmitte, eine ausnehmend attraktive und in meiner Tante eine durchschnittliche Frau zu sehen, dass ich bis heute ihren jeweiligen Habitus wegdenken muss, um zu erkennen, dass sie sich in ihrer physischen Grundausstattung ähnelten wie ein Ei dem anderen. Die gleiche mittlere Körpergröße, um die hundertsiebzig Zentimeter, die gleiche Schulterbreite, die gleichen graublauen Augen, die gleiche ovale Gesichtsform, beide schlank. Sie hätten von zwei Bildhauern geschaffen worden sein können, die nach dem gleichen Modell arbeiteten und es nur in einigen Details anders formten. Martls Nase, ihre Hände und Füße waren kräftiger als die von Rosa, ihre Lippen etwas schmaler, ihre Taille wiederum nicht so grazil. Als Mädchen waren sie durch ihre Haartracht zu unterscheiden. Rössche trug ihre Zopfkrone auf dem

Kopf, Martls Zöpfe hingen herunter. Später trugen beide den Dauerwellenhelm, der in den Nachkriegsjahrzehnten eine ganze Frauengeneration älter aussehen ließ, als sie war.

Dass Bärbl aus anderem Holz geschnitzt war, sah jeder sofort. Sie überragte ihre Schwestern um einen halben Kopf und wirkte noch größer, als sie tatsächlich war, weil alles an ihrer Physiognomie in die Länge gestreckt schien. Niemand in der Familie hatte Bärbls hohe Stirn, ihren stängelhaften Hals und so große Füße. Selbst ihre Ohrläppchen übertrafen das Durchschnittsmaß, was mich als Kind dazu brachte, sie minutenlang anzustarren und mir vorzustellen, wie sie noch weiter nach unten gedehnt würden, wenn schwere Objekte an ihnen hingen, wie ich es bei afrikanischen Frauen in einem Völkerkundebuch gesehen hatte.

Erst mit dem Älterwerden verloren die Gesichter meiner Tante und meiner Mutter ihre Ähnlichkeit. Sie entwickelten sich in gegensätzliche Richtungen. Durch Martls Gesicht gruben sich tiefe senkrechte Linien, die ihm etwas Verkniffenes verliehen, es schien sich zusammenzuziehen, als wolle es seine Leinwand verkleinern. Im Gesicht meiner Mutter zeichnete sich bis zuletzt keine einzige Falte ab. Es besaß die Glätte jener aufgedunsenen Fülle, die lang anhaltender, exzessiver Medikamentenkonsum hervorbringen kann.

Schon sehr früh war mir klar, weder wie meine Mutter noch wie Tante Martl werden zu wollen. Nicht so gefallsüchtig wie die eine, nicht so gestutzt wie die andere. Das Schauspiel der schwesterlichen Opposition, das sich vor meiner Nase abspielte, brachte es mit sich, dass ich sämtliche Frauen, ob sie mir in der Realität, in Märchen oder Kinderbüchern begegneten, automatisch in zwei Lager einteilte, die mutterartigen und die tanteartigen. Die Protagonistinnen beider Lager wiederum waren pädagogisch skrupellos genug, mich vor dem jeweils anderen zu warnen. »Wenn du so weitermachst, wirst du wie Martl!«, drohte meine Mutter, wenn ich wieder einmal zu laut, zu zornig, zu aufsässig gewesen war. Fiel ich über eine Tafel Schokolade her, schrie meine Tante: »Ach Gott Kind, du bischt scho wie dei Mutter!« Ich strebte einen Kompromiss an. Mein unbewusstes Ziel, so würde ich es heute formulieren, war es, einen Mittelweg zwischen Rosas übertriebener und Martls neutralisierter Weiblichkeit zu finden. Dem mütterlichen Vorbild zu entgehen, fiel mir schon durch meine Liebe zum Sport leicht. Meine Mutter verachtete ihn. Sie hielt jedwede sportliche Betätigung für vulgär und für ein Zeichen sozialer Deklassierung. In den Turnverein von Herzogenaurach einzutreten, worum ich lange vergeblich bettelte, konnte sie mir noch verbieten. Aber sie konnte nicht verhindern, dass ich im Sportunterricht des Erlanger Gymnasiums zu den Besten zählte. Ich war eine begabte Leichtathletin, der Hundertmeterlauf meine Lieblingsdisziplin. Der Sport bewahrte mich vor der kapriziösen Puppenhaftigkeit, die mir an meiner Mutter auf die Nerven ging. Schwieriger war es, der Nonnenhaftigkeit zu entgehen, die ich an Tante Martl beobachtete. Vermutlich lobte sie meine Sportlichkeit auch deshalb so überschwänglich, weil sie unsere Wesensgemeinschaft zu festigen schien, die Allianz von Patentante und Patenkind.

Nur wollte ich in diese Allianz nicht bedingungslos hinein. Zumindest nicht um den Preis, den Martl für ihren Natürlichkeitskult bezahlte, indem sie als Frau verschwand. Meine früheste Berufsidee dürfte dem Wunsch entsprungen sein, mich gegen ihr Schicksal zu impfen. Ich wollte Schauspielerin werden. Ein Beruf, der in der Essenz in nichts anderem besteht als darin, sich zu zeigen und gesehen zu werden. Zwei Jahre vor dem Abitur ging ich, ohne meinen Eltern ein Wort davon zu sagen, zur Berufsberatung und ließ mir Adressen von Schauspielschulen geben. Ich verfasste ein Dutzend handschriftlicher Bewerbungen und schickte sie ab. Eine andere Strategie fiel mir nicht ein. Natürlich antwortete keine einzige Schauspielschule auf den unbeholfenen Wisch einer Gymnasiastin, die nicht einmal eine Rolle oder dramatische Szene nennen konnte, für die sie sich präpariert hatte. Die Idee, auf der Bühne zu stehen, verließ mich jedoch lange nicht. Viele Jahre später, ich war längst als Journalistin tätig, trat ich einem Berliner Amateurensemble bei, das von einer polnischen Schauspielerin geleitet wurde. Wir spielten ausschließlich polnische und russische Stücke und führten sie in einer alten Fabriketage in Neukölln auf. Es klingt wie ein Witz, aber meine beste Rolle war die der Mascha in Anton Tschechows »Drei Schwestern«.

ALS ICH NACH TANTE MARTLS TOD den Inhalt ihrer Schubladen und Schränke sortierte, fand ich in einem Album ein Foto, von dem ich mir im ersten Moment sicher war, es zeige meine Mutter. Dermaßen ähnlich sieht ihr die junge, vielleicht achtzehnjährige, vielleicht zwanzigjährige, im Halbprofil abgebildete Frau, die so heiter und verträumt an der Kamera vorbeischaut, als bemerke sie gar nicht, dass sich in dieser Sekunde das Objektiv auf sie richtet. Sie sitzt in einem Polstersessel, ein Arm liegt entspannt auf der Lehne, der andere locker auf den übereinandergeschlagenen Beinen. In ihrem Gesicht lag eine Stimmung, für die mir der Ausdruck »stilles Glück« einfiel. Ich drehte das Foto um und las auf der Rückseite »Für Martl«. Keine Jahreszahl, keine Ortsangabe, kein Name des Fotografen. Ich habe nicht die geringste Ahnung, wer es gewesen sein könnte. Ich habe keine Vorstellung, wo, mit wem und wann – es muss ja während des Zweiten Weltkriegs gewesen sein – sich meine Tante in einer Situation befand, in der ein Bild entstehen konnte, auf dem sie so weich, so vertrauensvoll und mit sich einverstanden wirkt wie auf keinem zweiten.

In der Familie meiner Großeltern war es nicht üblich, einfach so Porträts aufzunehmen. Der Fotoapparat wurde aus der eichenen Wohnzimmerkredenz geholt, wenn das Zusammensein bei Festtagen dokumentiert werden sollte. Die Bilder, die dabei entstanden, haben den Familienverbund im Auge, nicht einen Einzelnen. Bisweilen sitzen, auffallend durch ihre noch steifere Körperhaltung, Personen mit dabei, von denen später niemand mehr wusste, um wen es sich da eigentlich handelte. Mutmaßlich um einen weit entfernten Verwandten, der zu irgendeinem runden Geburtstag aufgetaucht war und deshalb in das Bild gehörte, welches das Ereignis festhielt. Niemand kam je auf die Idee, meine Großmutter in ihrem Garten oder in der Küche zu fotografieren, obwohl sie den größten Teil des Tages mit Gärtnern und der Zubereitung von Mahlzeiten verbrachte.

Selbst für Rosa, die Familienschönheit, wurde diese Konvention nicht durchbrochen. Die Porträtserien aus den Jahren 1942 bis 1944, die ich von meiner Mutter habe, entstanden, nachdem der ersehnte Prinz in ihr Leben getreten war: ein Medizinstudent aus reichem Haus. Man glaubt den Schwarz-Weiß-Fotografien, dass es sich um eine große Liebe handelte, um romantische Hingerissenheit von beiden Seiten. Auf einem Bild wirft Rosa den Kopf in den Nacken und streckt die Arme zum Himmel. Auf einem anderen rennt sie mit selig lachendem Gesicht auf den Fotografen zu. Eine Porträtreihe zeigt sie im Schummerlicht einer Stehlampe im Sessel sitzend. Sie hält mit angewinkeltem Arm ein Buch, aus dem sie, wie ich von ihr weiß, dem Geliebten abends Gedichte vorlas. Man erkennt den zeittypischen Stil einer etwas exaltierten Schwärmerei. Ich erkenne darüber hinaus den Hang meiner Mutter zur Gefühlsübertreibung, die sich später in launische Theatralik verwandeln sollte.

Auch das Foto, auf dessen Rückseite »Für Martl« steht, könnte einer Zeit glücklicher Verliebtheit entstammen. Aber es gab im Leben meiner Tante nie einen Mann.

Rosa bestand das Abitur mit exzellenten Noten, es hätte ihr jedes Hochschulstudium erlaubt. Doch sie wusste längst, dass es für ihre Eltern, selbst für den immer nachgiebigen Vater, nicht infrage kam, ihr ein Medizinstudium zu erlauben. Sie schreckten vor den Kosten einer langen akademischen Ausbildung zurück. Mindestens so stark jedoch, wenn nicht noch stärker, wirkte die soziale Beschränkung. Meine Großeltern waren kleinbürgerliche Provinzmenschen durch und durch. Eine Ärztin kam in ihrer Welt nicht vor, sie hatten schlichtweg noch keine gesehen. Und selbst wenn sie sich eine Frau hätten ausmalen können, die am Krankenhausbett steht und Patienten den Puls fühlt, so war es ihnen doch unmöglich, ihre Tochter in den Kellerraum einer Universitätsklinik zu fantasieren, wo sie Leichenteile präpariert. Zum ersten Mal stand Rosa vor einer Tür, die sich mit keinem Mittel öffnen ließ, nicht mit monatelangem Betteln oder Schmeicheln. Zum ersten Mal erfuhr sie die Kränkung, dass die Wirklichkeit nicht mit ihren Träumen übereinstimmte.

Aber zumindest durfte sie in die fränkische Stadt Würzburg gehen, wenn auch nicht an die dortige Universität. Sie besuchte die Würzburger Lehrerinnenausbildungsanstalt. Es waren die zwei schönsten Jahre im Leben meiner Mutter. Sie wohnte im Untermietzimmer einer

Witwe, hungerte eine Woche für den Kauf ihres ersten Lippenstiftes, ging abends aus und lernte ihren Mediziner kennen. Den Luxus einer Ausbildung in einer anderen Stadt konnten oder wollten meine Großeltern nur einer Tochter finanzieren. Die Bildungspolitik des NS-Regimes kam ihnen dabei entgegen. Um den kriegsbedingten Lehrermangel zu kompensieren, senkte sie die Voraussetzungen für das Lehramt an Volksschulen. Ich bin mir nicht sicher, ob meine Tante überhaupt so versessen darauf war, das Abitur zu machen wie meine Mutter. Ich weiß nur, dass Martls Bildungsweg in noch engeren Grenzen verlief. Und da es nun die Möglichkeit gab, auch ohne Abitur Lehrerin zu werden, verließ Martl das Lyzeum mit der mittleren Reife, blieb bei den Eltern wohnen und absolvierte in Kaiserslautern ihre Ausbildung.

Sie war noch keine zwanzig, als sie für den Schuldienst auf pfälzischen Dörfern eingesetzt wurde, sich an Freitagnachmittagen aufs Fahrrad setzte, um zu den Eltern nach Hause zu fahren, immer auf das Geräusch sich nähernder Tiefflieger lauschend, immer alarmiert, sich binnen Sekunden in einen Graben oder unter das Geäst von Bäumen zu werfen, um nicht entdeckt und beschossen zu werden. Wenn sie davon überhaupt erzählte, dann mit dem anschließenden Kommentar, andere hätten noch viel Schlimmeres erlebt.

»Martl hat von uns dreien den schönsten Busen«, konstatierte meine Mutter gern. Ich zuckte nicht nur vor der Ungeniertheit der Aussage zurück, ich bemerkte auch das Gift, das sie enthielt. Denn stillschweigend gab sie zu verstehen: Was nützt ein schöner Busen, wenn er nie von einem Mann bewundert und von niemandem je berührt wurde außer vom Gynäkologen. War es so? Ich habe meine Tante nicht zu fragen gewagt. Ich weiß nur, sie hatte nie einen Verlobten, auch keinen Verehrer, zumindest keinen, den die Familie kennengelernt oder von dem sie auch nur gehört hätte. Ein Mal, ein einziges Mal kam zwischen meiner Tante und mir eine Herzensangelegenheit zur Sprache, die sie betraf.

An ihrem achtzigsten Geburtstag unternahmen wir eine Tagestour ins Elsass. Sie besaß ihr Auto noch, benutzte es aber nur für kurze Fahrten zum Einkaufen. Ich sollte fahren. Allerdings bekam ich erst im letzten Moment zu verstehen, wohin eigentlich. Meiner Tante konkrete Wünsche zu entlocken, war ein kompliziertes Unterfangen, vergleichbar den Telefonaten, bei denen sie vor lauter Stöhnen vergaß, was sie eigentlich erzählen wollte. Schon Monate zuvor nach ihrem Geburtstagswunsch befragt, erklärte sie zunächst, sie würde furchtbar gerne noch einmal München sehen. Als ich ihr einen Plan vorlegte, wie die Münchenreise so einfach und schonend wie möglich zu organisieren sei, fuhr sie mich an: »Willsche mich umbringe? Was soll isch denn in meim Alter in Münsche?« München wurde dann durch Speyer ersetzt. Ein Ausflug dorthin hätte sich an einem Tag bewältigen lassen und meiner Tante die Übernachtung erspart. Zwei Wochen später hatte sie weder am Besuch von Speyer noch an dem einer anderen Stadt noch Interesse. Zuletzt schlug ich ihr eine Einladung in das Stuttgarter Restaurant von Vincent Klink vor, den sie von allen Chefköchen, die im Fernsehen auftreten, am liebsten mochte. Darauf ging sie erst gar nicht ein. Fest stand nur, dass sie ihren Achtzigsten nicht im Haus verbringen wollte, um telefonischen Gratulationen oder gar unangekündigten Besuchen aus dem Weg zu gehen.

Noch am Abend vor ihrem Geburtstag erahnte ich lediglich, dass wir herumfahren und irgendwo zu Mittag essen würden. Immerhin saß sie am Geburtstagsmorgen in ihrem dunkelblauen Hosenanzug der gediegen-eleganten Modemarke Bogner am Frühstückstisch, ein Kleidungsstück, das sie sehr liebte und, wie ich wusste, für besonders reisegeeignet hielt. Die Tour sollte also stattfinden. Wo sie denn nun hinführen sollte, fragte ich lieber nicht. Jede Ausübung von geringstem Druck hätte meine Tante als Unduldsamkeit meinerseits auslegen, ihr dies wiederum als Vorwand dienen können, die ganze Fahrt abzublasen, den Hosenanzug in den Schrank zu hängen, zu Hause zu hocken, nicht ans Telefon zu gehen oder die Tür zu öffnen, wenn es klingelte. Solche Anfälle von Dickköpfigkeit, mit denen sie sich selbst am meisten schadete, hatte ich schon öfter erlebt.

Nachdem der Themenkomplex der Süßigkeitenesserei, diesmal angeregt durch eine kleine Geburtstagstorte, erledigt war, kam meine Tante plötzlich auf das Elsass zu sprechen, allerdings so unverbindlich, als handele es sich um eine pazifische Insel, von deren Überflutungsgefahr sie in den Nachrichten gehört hatte. »Das Elsass is nach de Zweite Weltkriesch ins Hintertreffe gerate, da gibt's ke Induschtrie und ke Infrastruktur, das is nur noch e arm Randgebiet.« Wortlos setzten wir uns ins Auto. Ich fuhr den Hügel hinauf Richtung Autobahnauffahrt. Bevor ich den Blinker setzte, fragte ich sie, ob es überhaupt sinnvoll sei, für eine Fahrt ins Elsass die Autobahn zu nehmen. »Ei jo! Die Autobahn geht jo bis Frankreisch. Isch kenn di Streck grad auswendisch. Wir fahre auf de A 35 bis kurz vor Hagenau, dann ab und auf de Landstrass weiter.« Dann könnten wir doch, wandte ich ein, auch nach Straßburg fahren, von Hagenau aus seien es nur noch ein paar Kilometer. »Wer hat denn gesacht, dass ich nach Straßburch will?« Ich hatte immer noch keine Ahnung, wo sie eigentlich hinwollte. Aber sie musste ein bestimmtes Ziel schon lange im Kopf gehabt und mit ihrem wochenlangen Hin und Her versucht haben, es zu vertuschen, letztlich auch vor sich selbst. Sie rechnete immer damit, ihr würde mit der größten Wahrscheinlichkeit weggenommen, woran sie am stärksten hing.

Nach etwa zweieinhalb Stunden sollte ich in der Nähe eines stattlichen Gutshofes halten, den meine Tante von früheren Fahrten zu kennen schien. Er lag in einer sanft auslaufenden Senke, der Weg von der Straße zum Anwesen führte über ein Bachbett, an einer stillgelegten Wassermühle vorbei. Das Mittagslicht des Frühsommertages ließ die Farben der grauen Dachschindeln und der roten Sonnenschirme auf einer Terrasse aufleuchten. Ein Dutzend Pferde schüttelte auf einer eingezäunten

Weide die sorgsam gestriegelten Mähnen, und es kam mir so vor, als klappe sich vor meinen Augen ein Bilderbuch auf, das Kindern die heile Landwelt anschaulich machen soll. Auf einem Schild standen in deutscher und französischer Sprache die Öffnungszeiten des Restaurants, das in dem Gutshof betrieben wurde.

Ich ging davon aus, dass meine Tante ihn angesteuert hatte, um hier zu Mittag zu essen. Aber das wollte sie gar nicht. Sie wollte auch nicht hineingehen. Sie blieb auf der Hälfte des Weges stehen, streckte unvermittelt ihren Arm aus, deutete mit dem Zeigefinger auf die Fenster eines Seitengiebels und sagte: »In so em Haus hätt isch gern gelebt. Des wär mei Glück gewese.« Ich konnte vor Schreck nicht reagieren. Die Direktheit, mit der meine Tante eine verpasste Existenz in einer Geste und zwei kurzen Sätzen zusammenfasste, hatte etwas bestürzend Gnadenloses, beinahe Brutales. Sie wandte den Blick nach allen Seiten, als wollte sie sich noch einmal davon überzeugen, dass der Ort ihrem Idealbild standhielt, dann drehte sie sich um und ging zum Auto zurück. Zwanzig oder dreißig Kilometer weiter kehrten wir in einem Dorfgasthaus ein. Sie versank nicht, wie ich befürchtete, in dunkler Niedergeschlagenheit. Ihre Stimmung war eher die von versöhnlicher Wehmut. Immerhin, sagte sie sich vielleicht, verläuft mein achtzigster Geburtstag doch ausgesprochen akzeptabel. Ich werde in meinem schönsten Hosenanzug durchs Elsass gefahren und bestelle mir von der Speisekarte, worauf ich Appetit habe. Andere liegen mit achtzig schon im Grab.

Wie viele ehemalige Lehrer hatte meine Tante die Angewohnheit, sehr laut zu sprechen, als stünde sie immer noch vor einer Schulklasse, was ihr mitunter schroffes Auftreten ungünstig unterstrich. Als sie nach dem Essen das Besteck auf den Teller legte und bruchstückhaft das Leben schilderte, von dem sie annahm, es hätte ihr am meisten entsprochen, verstand ich sie zunächst kaum. So leise sprach sie. »Ke kleener Bauerhof mit e bissche Acker dazu. Ursi, isch hätt gern e großer Hof gehatt, mit Küh und em Pferdegestütt und rischtische Pferdepflescher.« Dass sie gern einen Hund gehabt hätte, besser zwei oder drei Hunde, wusste ich. Von Kühen und Pferden war nie die Rede gewesen, erst recht nicht von professioneller Pferdezucht. »Ei warum denn net?« Ihre Stimme schwoll an. »Di ganz Pfalz und das Elsass sin voll mit Pferdegestütt. Hascht das net gesehe? Du hascht in Berlin ke Ahnung, wasch für e herrlich Lebe des isch aufm Land.« Ich unterdrückte den Widerspruch, der mir auf der Zunge lag, ich fragte auch nicht, woher das Kapital für die Anschaffung eines solchen Gutes samt Tierbestand hätte kommen sollen. Träume unterliegen nicht den Gesetzen des Rationalen. Sie schob ihren Teller zur Seite, wie sie es in Restaurants immer machte, bevor sie ihre Handtasche öffnete, den Geldbeutel herausholte und vor sich hinlegte, um mir zu signalisieren, sie wolle nun bezahlen und gehen. Aber sie hielt inne. »Mit Leut, wo all zusamm schaffe und um e großer Tisch sitze un zusamm esse, des hätt isch mir vorstelle kenne.« Mir fielen die Fernsehserien ein, die meine Tante gern anschaute und die auf alten, von einer Familiensippe und ihren Angestellten bewirtschafteten Gutshöfen spielten. Ich war jedoch nie darauf gekommen, dass Tante Martl in diesen Serien ihre vergrabenen Wünsche und sich in der Rolle einer Gutsherrin wiedererkannte.

Selbst in ihren Sehnsuchtswelten nahmen die beiden Schwestern den größtmöglichen Abstand zueinander ein. Rosa fantasierte sich buchstäblich von ihrer Kindheit an in die gehobene Sphäre der Professoren- und Adelstitel, vor allem Letzterer. Sie wusste alles über sämtliche europäische Königshäuser und konnte sich am märchenhaften Aufstieg der deutschen Bürgerstochter Silvia Sommerlath berauschen, die bei der Münchner Olympiade 1972 den schwedischen Kronprinzen Carl Gustaf kennengelernt hatte, von ihm geheiratet und Königin von Schweden geworden war. Sie blieb, wie meine Mutter behauptete, auch ohne Lifting eine perfekte Schönheit. Martl sehnte sich nie danach, in die oberen Ränge der Gesellschaft zu gelangen. Ihr unerfüllter Lebenstraum, von dem sich mir an diesem Tag ein Zipfel enthüllte, spielte sich nicht im Ambiente der feinen Sitten und eleganten Garderoben ab. Er führte in die bäuerliche Welt, der ihre Eltern entstammten.

Ich brauchte eine Weile, bis ich begriff, dass sich im Hintergrund des Traums eine männliche Gestalt verbarg. »So e großer, gepflegter Hof hätte wir gern gehabt«, sagte sie. Ich zuckte kurz zusammen. Wer sollte die andere Hälfte dieses »wir« sein? Und wann sollte das »wir« in der Biografie meiner Tante eine Rolle gespielt haben? Dass sie in den Sechziger- oder Siebzigerjahren oder womöglich noch später in Versuchung gewesen sein könnte, ihr Lehrerinnendasein durch ein Gutshofdasein zu ersetzen, war ausgeschlossen. In dieser Zeit kannte ich sie bereits. Und ich kannte ihre längst unrevidierbare Rolle, die der kinderlosen Junggesellin, die mit den Eltern in einem Haus wohnt, in den Sommerferien ihre Auslandsreisen unternimmt und darüber hinaus ihren Schwestern und deren Familien als Gesellschafterin, Kummerkasten und Putzfrau dient. Der Mann in der Kulisse des Bauernhoftraumes musste einer früheren Zeit angehören.

Ich beugte meinen Kopf zu ihr, um sie zu verstehen. »De Stefan war jo vom Land«, flüsterte sie. Ich kannte meine Tante mittlerweile seit fast fünf Jahrzehnten. Ich hatte viele Ferien bei ihr verbracht und, alle Gespräche zusammengezählt, ein paar Tausend Stunden mit ihr telefoniert. Ich hatte ihr von meinem Studium und meinen Wohngemeinschaften, von den Kurven meiner beruflichen Laufbahn, von Einladungen in Literaturjurys, von Kritiken und Zeitungsreportagen erzählt, an denen ich schrieb, sie mir von Reparaturen am Haus, ihren Reisen und von den Büchern, die sie gerade las. Einen Stefan hatte sie niemals erwähnt, nicht einmal in einer unwillkürlichen Nebenbemerkung. »Wir ware ja verwandt, aber weit weg verwandt. De Stefan war de Enkel von meiner Großtant.« Also ein Cousin zweiten Grades, den Martl seit ihrer Kindheit gekannt haben musste. »Ursi, des war e heimlisch Schwärmerei, wir ware ja noch ke erwachsene Leut.« Ich fragte nicht weiter. Wenn sich meine Tante gedrängt fühlte, erzählte sie erst recht nicht. »Dann hat de Kriesch angefang. Als isch de Stefan des letzt Mol gesehe hab, da war er scho in Uniform.« Ich rechnete im Kopf nach. Beim Ausbruch des Zweiten Weltkriegs war Martl vierzehn. Sie konnte nicht älter als sechzehn gewesen sein, als der Großcousin eingezogen wurde und sich verabschiedete. Vermutlich war er nach Kaiserslautern gefahren, um Martl unter dem Vorwand, ihrer Familie Adieu zu sagen, noch einmal zu sehen. Ich behielt meine Spekulationen für mich. Vielleicht dichtete ich Martl eine filmreife Romanze an, weil mir das Bild vom scheuen, verschwörerischen Abschiedsblick gut gefiel. Nach einer Weile sagte sie: »Wir wollte ufenander warte, bis de Kriesch vorbei is, und zusamme e Hof aufbaue. Abe de Stefan is in Stalingrad geblibb.« Sie drehte sich von mir weg zu der Stuhlseite, an der ihre Handtasche hing, und stellte sie resolut auf den Tisch. »So war das. Und wir gehe jetzt an di frisch Luft.« Ich erinnerte mich, den Namen Stefan gehört zu haben, wenn meine Großeltern die gefallenen Soldaten ihrer Verwandtschaftszweige aufzählten. Martl saß immer dabei. Aber nicht die kleinste Nuance hatte erkennen lassen, dass es in der Liste jemanden gab, dessen Verlust für sie schwerer wog. So wenig wie ihre Zuneigung hatte ihre Trauer je Mitwisser gefunden. Selbst Martls Tragödien reichten an die von Rosa nicht heran, und deren Liebe zum reichen Medizinstudenten sorgte für einige.

SOLLTE ICH MICH FÜR EINE Szene entscheiden, bei der ich mittels einer Zeitreise in die Vergangenheit selbst dabei sein darf, dann für jene, die sich an einem Sonntagnachmittag im Jahr 1943 zutrug und als »Kuchenkrieg« in die Familiengeschichte einging. Ich fände sie noch etwas wirkungsvoller, wenn sie mit dem Bild einer schwarzen Limousine einsetzte, die es tatsächlich gab. Sie gehörte Rosas Schwiegereltern. Ich habe sie als Kind, samt Chauffeur, sogar mehrere Male gesehen. Aus meiner Lieblingsszene muss ich sie jedoch streichen, selbst Wohlhabenden war es in dieser Phase des Zweiten Weltkriegs nicht gestattet, ihr Auto für Privatzwecke zu nutzen. Die Limousinenbesitzer müssen folglich mit dem Zug aus Franken in die Pfalz gereist sein und am Bahnhof von Kaiserslautern ein Taxi genommen haben, das sie vor dem Tor des Gefängnisses ablieferte.

Der Besuch dient dem längst überfälligen, immer wieder hinausgeschobenen Kennenlernen von Rosas Eltern und den Eltern ihres Mediziners. Auf beiden Seiten herrscht Argwohn, man mag sich nicht, seit man gezwungenermaßen voneinander weiß. Für die fränkischen Industriellen ist die Tochter eines Gefängnisbeamten schlichtweg unter ihrem Stand. In den Augen von Rosas Eltern stellen diese Millionäre, die es in wenigen Jahren von einer Metzgerei zum Wurstfabrikimperium gebracht haben, nichts anderes als windige Emporkömmlinge dar. Rössche, so warnen sie seit Wochen und Monaten, werde in der hochnäsigen Sippschaft untergehen. Tatsächlich legt Rosa gegenüber ihren zukünftigen Schwiegereltern eine schüchterne Ergebenheit an den Tag, die man von ihr bis dahin nicht kannte. Zur sozialen kommt die konfessionelle Kluft. Rosas Familie ist streng katholisch, die ihres Freundes streng protestantisch.

Die Begrüßungen, die noch im Freien ausgetauscht werden, sind von frostiger Höflichkeit. Im Wohnzimmer ist der Tisch gedeckt, mit dem besten Kaffeegeschirr des Haushalts, blütenweißen Stoffservietten und drei Kuchen, die Rosas Mutter gebacken und dafür die Lebensmittelmarken mehrerer Wochen aufgebraucht hat: ein gedeckter Apfelkuchen, ein mit frischer Sahne unterrührter Käsekuchen auf Biskuitboden und ein Mohnkuchen. Sie gelten in der Familie als Spitzenprodukte der mütterlichen Backkunst. Ob sie den fränkischen Besuchern geschmeckt hätten, ist unbekannt, sie nehmen nicht das kleinste Stück davon zu sich. Dreist, ohne zu fragen, schieben sie die Kuchenplatten zur Seite, stellen mit bunten Stoffbändern verschnürte Kartons auf den Tisch und entnehmen ihnen pyramidenförmige, aus Marzipan, Schokolade und Stücken feinster Obstsorten geschichtete Törtchen, denen jeder ansieht, dass sie nicht in der Küche einer Hausfrau, sondern in der Werkstatt eines kunstfertigen Konditors entstanden sind. Es ist ein Affront, ein gezielter Anschlag auf die Gastgeberwürde von Rosas Eltern, den sie genauso auch verstehen. Bärbl stakt wie ein Zinnsoldat hinter ihrem Stuhl in die Höhe, Martl fixiert das rot angelaufene Gesicht ihrer Mutter. In Rosas Furcht, die Kontaktaufnahme der Elternpaare könne scheitern, bevor sie überhaupt in Gang gekommen ist, mischt sich ein leises, den verlockenden Törtchen geltendes Bedauern.

Die jungen Verliebten haben es eilig. Sie wollen nicht nur ihre Verlobung bekannt geben, sie wollen an diesem Sonntagnachmittag auch gleich den Hochzeitstermin festlegen und, was die Verhandlungen nicht unproblematischer zu machen verspricht, eine Entscheidung über die konfessionelle Form ihrer Hochzeit erzwingen. Dass sie heiraten, steht für beide außer Frage, vor allem Rosa ist zum Äußersten entschlossen. Neidisch, bewundernd stellt Martl wieder einmal fest, mit welcher Entschlossenheit die Schwester ihre Ansprüche ins Zentrum des Familienlebens zu rücken vermag. Sie kennt solche Aufmerksamkeit nur aus Situationen, in denen sich der Zorn des Vaters auf ihr entlud.

Der Mediziner, der sich zum Ärger seiner Eltern in der Gefängnisdirektorenwohnung so ungezwungen bewegt, als sei er hier schon zu Hause, greift zum Kuchenmesser, zerteilt den Apfelkuchen in acht Portionen und legt auf jeden Teller eine. Meine Großeltern, ihre drei Töchter und er beginnen zu essen. Die Besucher lassen ihre Stücke unberührt, treiben die Unverschämtheit aber auch nicht so weit, sie vom Teller zu räumen, um für ihre Törtchen Platz zu schaffen. Diese landen auf Befehl der Mutter im Müll, nachdem die Wurstfabrikanten wieder verschwunden sind. Angeblich schlich sich Rosa noch in der Nacht in die Küche, um ein paar Törtchenbrocken aus dem Mülleimer zu fischen und im Bett heimlich zu vertilgen. Von diesem Schlusskapitel des »Kuchenkriegs« hatte allerdings nur Martl Kenntnis.

Rosas Trauung fand im Frühsommer 1944 statt – in einer protestantischen Kirche. Am Ende hatten ihre Eltern nachgegeben, es gab Schlimmeres in dieser Zeit als die Kränkung konfessioneller Gefühle. Der frischgebackene Ehemann, mittlerweile Militärarzt im Offiziersrang, musste nach einer Woche Hochzeitsurlaub zu seiner Einheit zurückkehren. Um keinen Moment mit ihm zu verpassen, stieg Rosa kurz entschlossen in den Zug, der ihn in den deutschen Osten bringen sollte. Es wurde ein Abschied für immer. Anstatt in die Pfalz zurückzukehren, blieb Rosa, von den Schwiegereltern unwillig in ihrer Villa einquartiert, in Franken. Sie wollte sich ihrem Mann in seiner Heimat nahe fühlen. Im Spätherbst 1944 erkrankte sie an einer schweren Hepatitis, niemand von ihrer Familie konnte sie im Krankenhaus besuchen. Als sie einigermaßen genesen war und ihre Entlassung bevorstand, machte sich zum ersten Mal das Herzleiden bemerkbar, das sie durch ihr Leben begleiten und für das sie nie eine genaue Diagnose erhalten sollte. Die so mysteriöse wie allgegenwärtige Hauptkrankheit meiner Mutter hatte immer nur den Namen »Herzleiden«.

Sie lag noch im Krankenhaus, als sie die Nachricht vom Tod ihres Mannes erhielt. Er kam im Januar 1945 beim Bombardement eines Rotkreuz-Lazaretts in Oberitalien ums Leben. Ich glaube, am liebsten wäre sie so lange in ihrem Krankenhausbett liegen geblieben, bis sich irgendwann die Tür öffnete und ein Arzt hereinkäme, auf dessen weißem Kittel ein Schild mit dem Namen ihres Mannes befestigt gewesen wäre. Ab dieser Zeit nahm sie die Position der überempfindlichen, von jedem Lüftchen bedrohten und kaum belastbaren Frau ein, die um Hilfe ruft, wenn eine große Bratpfanne von der Herdplatte gehoben werden muss. Schon dem Gleichgewicht der Gegensätze zuliebe war Martls ganzer Stolz ihre angebliche Bärennatur.

Am Ende des Krieges war das Gefängnis von Kaiserslautern eine Ruine und die Familie auseinandergerissen. Mein Großvater wurde nach dem Einzug amerikanischer Truppen sofort festgenommen und im Juni 1945 in ein französisches Internierungslager überstellt, wo er bis 1947 im Straßenbau arbeitete. Meine Großmutter teilte sich mit anderen Ausgebombten eine notdürftige Kellerwohnung. In der Hoffnung, dort sicherer zu sein vor den schweren Bombenangriffen der letzten Kriegsmonate, hatte sich Bärbl zur Familie ihres Verlobten in den Hunsrück geflüchtet. Er war, wie es der Zufall wollte, von Beruf Arzt, wenn auch kein Millionärssohn. Ich weiß weder wann sie geheiratet haben, noch wo und wie. Es muss in der Nachkriegszeit gewesen und so unauffällig verlaufen sein wie Bärbls gesamte Ehe. Ihre Eltern waren einfach erleichtert, Bärbl, die sie für die lebensuntüchtigste der drei Schwestern hielten, an der Seite eines umsichtigen, stillen Mannes versorgt zu wissen. Er kam mit sämtlichen Familienmitgliedern hervorragend aus, auch mit Martl und meinem Vater, die nach der Einteilung meiner Mutter in die Fraktion der Lauten fielen, obwohl er selbst zu den Leisen zählte. Er war so leise, dass ich mich an seine Anwesenheit bei Familientreffen nur schwach erinnere. Ich vermute, er war immer dabei, schon deshalb, weil Bärbl keinen Schritt ohne ihn unternahm. Er begleitete sie sogar bei ihren Besuchen eines Damenfriseursalons, wo er vermutlich so leise auftrat, dass er kaum bemerkt wurde, nur geduldig neben einem Tischchen mit Frauenzeitschriften saß und erst aufstand, wenn an der Kasse die vierteljährliche Dauerwellenbehandlung oder die wöchentliche Wasserwellenbehandlung von Bärbls dünnen Haaren zu bezahlen war.

ROSA UND MARTL KEHRTEN im Frühherbst 1945 in den Schuldienst zurück. Ein paar Jahre lang führten sie als alleinstehende Lehrerinnen an Dorfschulen das gleiche Leben, Rosa in Oberfranken, Martl in der Westpfalz. Die Lebensmittel, die Martl von den Bauern mitbrachte, ernährten im Hungerwinter 1946 die gesamte Belegschaft der Kellerwohnung, in der auch mein Großvater nach der Rückkehr aus dem Internierungslager unterkam. Das Spruchkammerverfahren der Alliierten hatte ihn als »minderbelastet« eingestuft. Es kam ihm zugute, dass er 1942 bei einem Brand des Gefängnisses von Kaiserslautern entschieden hatte, die Gefangenen aus ihren Zellen zu lassen, um sie vor dem Feuer zu schützen. Der Brand wurde schnell gelöscht, kein einziger Gefangener hatte versucht zu fliehen. Ein »richtiger Nazi«, schärfte mir meine Mutter ein, hätte nicht so human gehandelt. Sie nannte ihren Vater einen »halben Nazi«, und ich ließ es irgendwann bleiben, sie darauf hinzuweisen, welche Bedeutung das Wort »halb« in der Terminologie der nationalsozialistischen Rasselehre gehabt und dass es sogenannte »Halbjuden« bezeichnet habe. Richtiger oder »halber« Nazi: Auf den Posten eines Gefängnisdirektors konnte mein Großvater in der Bundesrepublik nicht zurückkehren. Ohnehin ging er bereits auf die sechzig zu, wodurch sich die Frage seiner beruflichen Verwendbarkeit auf einfache Weise lösen ließ. Er wurde Ende der Vierzigerjahre frühpensioniert, als Ausgleich für seine politische Vergangenheit allerdings niedriger besoldet, als es seinem Beamtendienstgrad unter Hitler entsprochen hätte. Bis er die Pension erhielt, war Martls Gehalt die einzige Existenzgrundlage ihrer Eltern. Sie hielten es für selbstverständlich, weder von Rosa, von Bärbl oder deren Mann einen entsprechenden Beitrag zu erwarten.

Ob von den Zeitumständen bedingt oder aus Anhänglichkeit, vermutlich beides, nahm Martl unversehens den Platz desjenigen Kindes ein, das sich den Eltern verpflichtet und bei ihnen bleibt, auch wenn es längst kein Kind mehr ist. So formte sich das Muster, an dem sich nie wieder etwas ändern sollte. Zwei Schwestern heirateten, bauten ihre eigenen Familien auf, sparten auf ihre eigenen Häuser, die dritte nicht. Ich bezweifle, dass ihr Vater je das Paradoxe dieses Musters erkannte. Ausgerechnet die Tochter, die er am wenigsten gewollt hatte, wurde die Stütze seines Lebens. Vielleicht sah er darin sogar eine gewisse Logik. Indem Martl für ihn sorgte, konnte sie die Enttäuschung abbezahlen, die sie ihm mit ihrem Mädchengeschlecht bereitet hatte. Vielleicht sah sie es insgeheim genauso. Unverzichtbar zu sein ist nicht dasselbe wie geliebt zu werden, aber es kommt doch ein wenig in die Nähe davon.

Mitte der Sechzigerjahre erlitt mein Großvater einen Schlaganfall, seine linke Körperhälfte blieb für immer gelähmt. Er brauchte Hilfe beim Waschen, Rasieren, An- und Ausziehen, er musste beim Hinsetzen und Aufstehen gestützt werden. Niemand machte es ihm recht. Jede Pflegerin, die meine Tante für die Vormittage engagierte, wenn sie in der Schule war, lief nach ein paar Wochen davon, weil sie die cholerischen Anfälle des Patienten nicht ertrug. Für jede ihrer Urlaubsreisen musste meine Tante mit ihm feilschen, bis er sich damit einverstanden erklärte, dass Bärbl und ihr Mann für diese Zeit zu ihm kamen und sie vertraten. Denn nur sie, nur Martl, wusste, wie er anzupacken, mit einem Arm unterzuhaken und mit dem anderen im Rücken zu schieben war, um seinen schweren Körper aus dem Bett zu hieven. »Martl, komm!«, höre ich ihn durchs Haus brüllen, und sofort danach die Stimme meiner Tante: »Ach Gott Vadder, ich komm jo scho.«

Ich kenne einige Frauen der Kriegsgeneration, die sich von ihrer frühen Verwitwung innerlich nie wieder erholten, obgleich sie nach außen hin ihr Leben meisterten, wie man so sagt. Auch meine Mutter hat sich nicht erholt, im Gegenteil. Je älter sie wurde, je mehr sie vereinsamte, nachdem mein Bruder und ich das Haus verlassen hatten, um zu studieren, und mein Vater sich immer mehr in sich zurückzog, desto schwerer legte sich das Gewicht einer monumentalen Lebensenttäuschung auf ihr Gemüt. Vielleicht, das habe ich oft überlegt, wäre es ihr besser ergangen, wenn sie doch noch Ärztin geworden wäre. Wenn sie nicht Anfang der Fünfzigerjahre ein zweites Mal geheiratet und sich in jenem Kleinbürgermilieu wiedergefunden hätte, das sie im Grunde verabscheute. Seit sie denken konnte, war sie so tief davon überzeugt, für den gesellschaftlichen Aufstieg geschaffen zu sein, dass sie ein Dasein unter Bedingungen, die sich von denen ihrer Herkunft kaum unterschieden, nur als Abstieg betrachten konnte. Sie ertrug ihr Los wie eine blasierte Lady, die in einer Kutscherkaschemme gestrandet ist und dort widerwillig ausharren muss, weil ein Sturm die Weiterreise verzögert.

Aber es gab für meine Mutter keine Weiterreise, nur das Einspinnen in Fantasien vom entgangenen Leben. Sie war nun die Frau eines Volksschullehrers, meines Vaters, und würde es bleiben. Eines Mannes, dessen Verwandtschaft ihr so plump, ja primitiv erschien wie der fränkische Provinzdialekt, den sie lediglich verwendete, um ihn mit röhrender Stimme und verächtlich breit gezogenen Vokalen zu parodieren. Mein Vater sprach mit seinen vier Schwestern Dialekt, bei uns zu Hause ein eingefärbtes Hochdeutsch. Er liebte Fußball, Hochgebirgswanderungen, die philosophischen Theorien von Immanuel Kant und politische Diskussionen, bei denen er sich so in Rage reden konnte, dass er alles um sich herum vergaß. Nichts davon war nach dem Geschmack meiner Mutter. Nach dem von Martl wäre es schon eher gewesen. Das lag für mich auf der Hand. Aber immer, wenn ich im Kopf meinen Vater und meine Tante als Paar zusammenzubasteln versuchte, scheiterte das Experiment an einer Unstimmigkeit, vor der keine ihrer gemeinsamen Interessen und sich ähnelnden Wesenszüge Bestand hatten. Mein Vater hätte Martl niemals lieben können, daran gab es keinen Zweifel. Er war vernarrt in meine Mutter. Und ob Martl imstande gewesen wäre, meinen Vater zu lieben, blieb in meinen Konstruktionen auch deshalb eine unlösbare Frage, weil ich sie mir als verliebte Frau nicht vorzustellen vermochte.

Es ist nicht so, dass meine Eltern über ihre Nachkriegsverlorenheit hinaus nichts geteilt hätten, als sie sich 1948 im Lehrerzimmer der Volksschule von Herzogenaurach begegneten. Eine junge verwitwete Lehrerin, die drei quälend einsame Jahre auf einem Dorf in Oberfranken hinter sich hatte. Und ein nicht mehr ganz junger Lehrer, der es seiner starken Kurzsichtigkeit und seiner mathematischen Auffassungsgabe verdankte, im Krieg als Funker weit hinter der Front eingesetzt worden zu sein. Die neue Kollegin fesselte ihn sofort. Sie unterschied sich in allem, in ihrer eleganten Kleidung, ihrem schwungvollen Verhalten, ihrer kultivierten Wortwahl von den fränkischen Kleinstädterinnen, die er kannte. Er lauschte der Unterhaltung, die sie mit einer anderen Lehrerin führte, wagte aber nicht, sie anzusprechen. Mittags wartete er am Schultor, bis sie herauskam. Er stellte sich ihr vor und lud sie zum Essen ein. »In ein Restaurant?«, erwiderte meine Mutter vorfreudig. Aber mein Vater meinte keinen Restaurantbesuch, sondern die Mettwürste und den halben Laib Brot in seiner Aktentasche. Sie machten einen Spaziergang zu dem Weiher, in dessen Nähe sie später wohnen sollten, setzten sich auf eine Bank, und mein Vater packte seine Lebensmittelschätze aus. Es wurde ein Ritual, und nach ein paar Wochen trafen sie sich auch an den schulfreien Tagen. Sie wussten bald, etwas Existenzielles zu teilen. Sie waren beide unversöhnt mit ihren geknickten Bildungswegen, durch die sie an eine Stelle gelangt waren, die weit hinter der zurücklag, die sie ihrer Begabung zugetraut hätten. Bei meinem Vater war die Kluft noch größer. Rosa hatte immerhin ein reguläres Abitur, er nicht einmal das. Er kam aus ärmlichsten Verhältnissen, wenn auch nicht aus geistig verengten.

Ich habe die Eltern meines Vaters nicht kennengelernt. Mein Großvater fiel 1917 im Ersten Weltkrieg, bei einer der härtesten Schlachten in Flandern. Er soll ein mitreißender öffentlicher Redner gewesen sein, der in der Kaiserzeit von der Rathaustreppe herunter die Programme der SPD pries. Meine Großmutter, der ich angeblich ähnele wie aus dem Gesicht geschnitten, war Vorsitzende des Ortsvereins sozialdemokratischer Frauen. Sie starb 1936 an Krebs, wohl auch an Not und Erschöpfung. Nach dem Tod ihres Mannes hatte sie allein vier Töchter und einen Sohn durchbringen müssen, der schon als kleiner

Bub durch außergewöhnliche Wissbegier und Intelligenz auffiel. Sie tat, was sie vermochte. Weil ihr das Geld für die Eisenbahnfahrt fehlte, unternahm sie, es muss 1925 oder 1926 gewesen sein, einen zehnstündigen Fußmarsch in die Bischofsstadt Bamberg, wo sie beim Vorstand des Priesterseminars so lange um einen unentgeltlichen Schulplatz für ihren Sohn warb, bis er ihn erhielt. Wenn auch unter der Bedingung, dass sich zwei seiner Schwestern gleichzeitig als Küchenhilfen verdingten. Mein Vater hatte nie beabsichtigt, Priester zu werden, so blieb ihm nur die kürzere Ausbildung zum Volksschullehrer.

Die ganz große Liebe war für meine Mutter verbraucht, darüber machte ich mir nie Illusionen. Wenn mein Vater am Sonntagnachmittag nach Nürnberg ins Fußballstadion fuhr, holte sie aus dem Kleiderschrank ihre alten Fotoalben. Stundenlang blätterte sie darin herum, zeigte meinem Bruder und mir die Bilder ihres ersten Mannes. Je älter ich wurde, desto mehr ekelte ich mich vor dem nostalgischen Gefühlssumpf, in den sie uns hineinzog, desto heftiger wehrte ich mich gegen die stillschweigende Aufforderung, meinen Vater mit dem Mann auf den Fotos zu vergleichen. Dass er schön war, sah ich. Dass er keine Brille mit dicken, die Augen verkleinernden Gläsern wie mein Vater trug, das sah ich auch. Dass er sagenhafte Reichtümer besessen und meiner Mutter aus Paris eine goldene Puderdose mitgebracht hatte, wusste ich längst. Die Dose ruhte bei den Fotoalben im Kleiderschrank, und die Parisgeschichte hatte ich ein Dutzend Mal gehört. Ich wollte sie kein weiteres Mal hören. An einem Sonntagnachmittag, ich war neun oder zehn Jahre alt, riss ich ihr das Fotoalbum aus der Hand, klappte es zu und fragte: »Warum hast du Papi eigentlich geheiratet?«

Jahrzehntelang habe ich meiner Mutter diese Frage gestellt. Ihre Antwort war immer die gleiche, sie variierte allenfalls in der Reihenfolge der Tugenden, die sie aufzählte. Mal sagte sie: »Weil er ehrlich, geradlinig und anständig war«, mal »Mich haben seine Intelligenz und sein anständiger Charakter beeindruckt« oder »Einen ehrlicheren und anständigeren Mann hätte ich nicht finden können«. Das Wort, auf das ich immer aufs Neue hoffte, sprach sie nicht aus. Im Sommer nach der Geburt meiner Tochter besuchte ich meine Eltern für mehrere Wochen. Es war abzusehen, dass sie, beide schon weit über siebzig, ihr Enkelkind bestenfalls bis zu seiner Pubertät, als junge Frau schon nicht mehr erleben würden, und ich wollte sie wenigstens an seinen ersten Jahren teilhaben lassen. Meine Mutter war selig, wie ausgewechselt. Sie sprang morgens aus dem Bett, als habe es nie ein Herzleiden gegeben. Sie verließ sogar das Haus, was sie lange nicht mehr gemacht hatte, um den Kinderwagen durch den Wald zu schieben. »Aber du musst doch«, fragte ich sie bei einem Spaziergang zum allerletzten Mal, »Papi wenigstens ein bisschen geliebt haben.« Sie beugte sich über den Wagen und lachte meine Tochter an, damit sie zurücklachte. »Ich kenn dich doch«, bohrte ich weiter, »du bist der absolute Gefühlsmensch. Du hast doch nicht geheiratet, nur weil er ehrlich ist. Da hättest du jeden Zweiten nehmen können!« Sie schaute nicht mich, sondern das Baby an, als wäre sie es ihm schuldig, endlich eine erlösende Antwort zu geben. »Natürlich war ich ein bisschen verliebt«, sagte sie, »so halb verliebt.« Ich tröstete mich mit dem Gedanken, sie täusche sich rückblickend im Quantum ihrer einstigen Gefühle, die längst zersetzt waren vom Gift der Lebensenttäuschung. War die Leidenschaft zwischen meinen Eltern auch von Beginn an ungleich verteilt, so kann es doch kein Beginn ganz ohne beflügelnde Hoffnungen gewesen sein.

Nächtelang saßen sie gemeinsam über französischen und englischen Grammatikbüchern. Den Stoff aller anderen Abiturfächer brachte sich mein Vater allein bei. Im Frühsommer 1949 fuhr er an mehreren Vormittagen mit dem Motorrad nach Erlangen, setzte sich am naturwissenschaftlichen Gymnasium neben junge Burschen, die halb so alt waren wie er, in die Schulbank, und legte als Externer die Abiturprüfung ab. Auf seinem vergilbten Abiturzeugnis stehen in Sütterlinschrift untereinander die Fächer und ihre Noten. Nur in Französisch hat mein Vater eine Zwei, in allen anderen Fächern eine Eins. In der Rubrik »Allgemeine Empfehlung« ist zu lesen, der Abiturient verfüge über ein »hohes abstraktes Denkvermögen«. Für einen Wimpernschlag stand ihm die Tür zum Hochschulstudium offen. Doch kurz bevor sich mein Vater in Mathematik und Philosophie immatrikulieren wollte, fiel sie ins Schloss. Um den Strom der Kriegsrückkehrer an Universitäten zu schmälern, erließ das bayerische Kultusministerium eine Jahrgangsgrenze für Studienanfänger. Mein Vater war genau ein Jahr zu alt. Der

Plan, Gymnasiallehrer zu werden, später zu promovieren, im nächsten Schritt vielleicht sogar an einer Universität zu unterrichten und mit meiner Mutter ein anderes als das Kleinstadtleben zu führen, war endgültig zerschlagen.

»Er hat es versucht«, sagte sie bisweilen und zuckte resigniert mit den Achseln. Nichts brachte mich so auf wie der Vorwurf, der in dem Satz mitschwang. »Was heißt denn versucht!«, brüllte ich. »Ich kenne einen einzigen Menschen, der es geschafft hat, ohne Gymnasium ein Einserabitur hinzulegen! Und das ist Papi!« Wenn ich nachts aufwachte, hörte ich ihn im Nebenzimmer oft vor sich hin murmeln oder Selbstgespräche führen, die in ihrer zunehmenden Dringlichkeit vermuten ließen, er stehe vor einem begriffsstutzigen Publikum, das er von irgendetwas überzeugen müsse. Eine Zeit lang beschäftigte er sich damit, ein umfassendes neues Steuersystem für die Bundesrepublik auszuarbeiten. Ich hielt es für keineswegs unrealistisch, demnächst mit meiner Familie nach Bonn überzusiedeln, nachdem mein Vater eine Einladung ins Finanzministerium erhalten und sein Steuerkonzept dort persönlich vorgestellt hatte. München wäre mir lieber gewesen. Aber seiner märchenhaften Beförderung zum Ministerialbeamten zuliebe hätte ich auch Bonn akzeptiert. Der Heftordner mit der deutschen Steuerreform gelangte so wenig in die Landeshauptstadt wie in die Bundeshauptstadt, sondern ohne Umweg in eine Schreibtischschublade meines ins Leere dozierenden Vaters.

Bis wir Ende der Sechzigerjahre in den Bungalow umzogen, dessen Bau meine Eltern zäh erspart hatten, lebten wir in der Dreizimmerwohnung eines zweigeschossigen Mietshauses. Ihre Enge brachte ein ständiges Umräumen und Herumschieben von Möbeln, Aufklappen und Einklappen von Betten mit sich. Ich mochte dieses Improvisieren, es hielt unseren Familienalltag in Bewegung. Erst im Bungalow wurde er von hoffnungsloser Erstarrung erfasst und immer mehr beherrscht. Was ich mindestens so sehr mochte, war die Nachbarschaft mit den Wohnkasernen amerikanischer Armeeangehöriger. Nur ein Gartenzaun trennte die Hemisphären. Die Amerikaner sprachen, lachten, bewegten sich nicht nur anders, sie lebten in einer völlig anders dimensionierten Welt. Ihre Autos, ihre Kinderspielplätze, ihre Einkaufstüten, alles war mindestens doppelt so groß wie in unserer Welt, die sich daneben wie ein Miniaturmodell ausnahm. Selbst die Lockenwickler, mit denen die Amerikanerinnen vor ihren riesigen Häusern auf riesigen Decken saßen und sich in einer Lautstärke unterhielten, als besäßen sie auch die Stimmgewalt von Riesinnen, schienen mir um einiges größer zu sein als die Lockenwickler auf dem Kopf meiner Mutter und unserer deutschen Nachbarinnen.

Als eines Tages vor unserem Mietshaus eine Limousine hielt, die in ihrem Übervolumen an die Zirkuselefanten erinnerte, die zweimal im Jahr als lebende Werbeplakate durch unsere Siedlung geführt wurden, wunderte ich mich nicht besonders. An solche irrealen Erscheinungen war ich durch die Amerikaner gewöhnt. Ich wunderte mich nur, dass der Chauffeur, den ich an seiner Schirmmütze als solchen erkannte, auf den Fahrersitz zurückkehrte, nachdem er ausgestiegen und einem älteren, von Kopf bis Fuß in Schwarz gekleideten Paar die hintere Wagentür geöffnet hatte. Kurz darauf saßen die zwei Friedhofsgestalten in gravitätischer Haltung an unserem Wohnzimmertisch. Im Jahr darauf saßen sie wieder da. Erst nach dem zweiten oder dritten der beklemmenden und, wie ich sehr wohl bemerkte, für meine Familie beschämenden Besuche wurde mir klar, dass es sich um die ersten Schwiegereltern meiner Mutter handelte. Sie sprachen kaum, nippten an ihren Kaffeetassen und blieben nie länger als eine halbe Stunde, die sie damit verbrachten, halb mitleidige, halb missbilligende Blicke über unsere Einrichtung wandern zu lassen. Wir wurden besichtigt wie Dienstpersonal, von dessen Wohnverhältnissen sich die Herrschaft einen persönlichen Eindruck verschaffen möchte.

Warum fanden diese Visiten überhaupt statt? Der Tod des ersten Mannes meiner Mutter lag mehr als einenhalb Jahrzehnte zurück. Sie hatte von seinen Eltern nicht das Geringste geerbt, auch nicht gewagt, ihren Erbanteil gerichtlich einzufordern. Sie wagte nicht einmal, den Kontakt zu beenden. Stattdessen lieferte sie sich, ihre Kinder und, was mich am meisten erzürnte, meinen Vater der Herabwürdigung durch Leute aus, die weder Interesse an uns zeigten noch das klitzekleinste Geschenk mitbrachten, nicht einmal ein paar Bonbons für meinen

Bruder und mich. Das Einzige, was sie mitbrachten, war Gespensterstimmung. Denn in Wahrheit kamen sie nur, weil es kein Grab ihres im Krieg gefallenen Sohnes gab, das sie hätten besuchen können. Ihre Schwiegertochter diente ihnen lediglich als eine Art Medium, um den Verstorbenen zu vergegenwärtigen. Warum bereitete mein Vater dem Spuk kein Ende? Es waren doch sein Recht und seine Rolle als Ehemann, die der absurde Totenkult untergrub. Das hätte ich damals nicht so formulieren können, aber ich spürte es. Und ich stand bereit, an der Seite meines Vaters gegen die Eindringlinge zu revoltieren, sie nötigenfalls aus unserer Wohnung zu jagen. Aber er machte von meiner Kampfbereitschaft keinen Gebrauch. Mein Vater, dem sonst kein Missstand auf Erden zu gering war, um sich lauthals zu empören, schaute ergeben vor sich hin.

Nur auf Tante Martl konnte ich zählen. Ihre im Umgang nicht immer angenehme Kratzbürstigkeit bewährte sich nun. Bei einem Auftritt des Rabenpaares war sie bei uns zu Besuch. Als es an der Wohnungstür klingelte, rief sie so laut, dass es auch vor der Wohnung zu hören war: »Rosa! Du hascht Überfall und Belascherung!« Meine Mutter öffnete die Tür und begrüßte die Gäste mit bemühter Überschwänglichkeit. Sie traten in den Flur, setzten ihren Weg aber nicht gleich fort, sondern blieben für ein paar Atemzüge stehen, als müssten sie den niederschmetternden Eindruck unserer Räumlichkeiten erst einmal verkraften. Zu meiner Verwunderung duzte Martl das Paar. »Isch kann eusch net die Hand gebbe. Isch bin grad beim Geschirrspüle. Es gibt jo Leut, die rechtschaffe arbeite und sich net am hellischte Tach rumkutschiere lasse.« Meine Mutter warf Martl einen schneidenden Blick zu, mein Vater mischte sich wie üblich nicht ein. Mein Bruder, der mit mir schon am Esstisch im Wohnzimmer saß, zog die Augenbrauen hoch. Er fühlte sich durch Missstimmungen, die eine Steigerung zu Streitereien befürchten ließen, generell gestört. Das Einzige, was ihn an den ehemaligen Schwiegereltern unserer Mutter interessierte, war das Baujahr des Autos, in dem wie immer der Chauffeur saß und wartete. Mein Bruder konnte sehr lange und sehr versunken schweigen, um mitten in ein Gespräch hinein, an dem er sich bis dahin mit keinem Wort beteiligt hatte, eine vollkommen unpassende Bemerkung zu platzieren, die erahnen ließ, in welchem geistigen Kosmos er sich gerade aufhielt. »Welches Baujahr hat Ihr Opel eigentlich?«, hatte er bei einem Besuch der Schwiegereltern gefragt, die meine Mutter gerade davon in Kenntnis setzten, eine Stiftung für Kriegsblinde gründen zu wollen, die den Namen ihres gefallenen Sohnes tragen sollte. Sie schauten meinen Bruder an, als hätten sie einen Idioten vor sich. »Naja«, erläuterte er ungerührt, »das könnte historisch schon interessant sein. Das Hitler-Regime hatte ja eine sehr enge Beziehung zu Opel.«

Den Besuch, bei dem Martl zufällig dabei war, ließ er teilnahmslos über sich ergehen. Ich hingegen witterte die Chance auf den herbeigesehnten Eklat. »Tante, willst du dich nicht hinsetzen?«, krähte ich laut durchs Wohnzimmer. Meine Eltern und die zwei Besucher saßen mittlerweile am Tisch, nur Martl nicht. Sie lief zwischen Küche und Wohnzimmer hin und her, trocknete mit dem Geschirrhandtuch Teller und Besteck ab und räumte es geräuschvoll in den Schrank. »Ursi, es is lieb, dass de fragsch. Aber isch trink mei Kaffee später. Ich such mir jo mei Kaffeegesellschaft selber aus.« Um mich herum vereisten die Mienen. »Wir gehen dann wohl besser«, verkündete die Schwiegermutter. Kaum hatten sie und ihr Mann ihre Stühle zurückgeschoben, um sich zu erheben, riss Tante Martl das Wohnzimmerfenster auf. »Do herin rieschts nach alt Mottekugel, des hält kee Mensch aus.« Ich erwartete einen Riesenkrach zwischen Martl und Rosa. Aber meine Mutter war zu schwach. Nachdem sie die Wohnungstür hinter dem Besuch geschlossen hatte, ließ sie sich auf die Couch fallen und blieb mit geschlossenen Augen liegen. Ihre Brust hob und senkte sich, wie ich es von ihren Herzanfällen kannte. Nach einer Weile flüsterte sie: »Martl, wenn ich jetzt sterbe, bist du schuld.«

Als Erwachsene erzählte ich die Anekdote gern im Freundeskreis. Sie war wirkungsvoll, vor allem Martls Satz »do herin rieschts nach alt Mottekugel« brachte regelmäßig Gelächter hervor. Auch meiner Tochter, die mittlerweile selbst erwachsen ist, habe ich sie erzählt. »Mama«, sagte sie nachsichtig, »du weißt aber schon, warum sich Tante Martl so wahnsinnig unverschämt benommen hat. Das hat sie doch nur für dich gemacht und für Onkel Peter. Damit diese schrecklichen Leute nicht wiederkommen.«

Sie kamen tatsächlich nie wieder, und natürlich war mir bewusst, dass meine Tante ihr Talent, sich mit Frechheiten unbeliebt zu machen, in diesem Fall strategisch eingesetzt hatte.

ROSA BLIEB DER MEDIZIN TREU, wenn auch auf der Seite der Patienten. Mit dem Inhalt der Schubladen und Schränke im Schlafzimmer meiner Mutter hätte sich eine Apotheke bestücken lassen. Von Gelenksalben, Schmerzmitteln, blutdrucksenkenden und -erhöhenden Tabletten war über Abführmittel und Asthmasprays bis zu Cortison und Psychopharmaka alles auf Lager. Immerzu fand sie verantwortungslose Ärzte, die ihr das Zeug verschrieben, immerzu war sie von neuen Krankheiten bedroht oder bereits erfasst. Aus Tagen, die sie im Bett verbrachte, wurden Wochen, aus den Wochen schließlich Monate, bis sie im Alter nur noch aufstand, um ins Badezimmer zu gehen oder meinem Vater gegen Abend für ein, zwei Stunden Gesellschaft beim Fernsehschauen zu leisten. Undeutlich sehe ich mich als Fünfjährige, vielleicht sogar schon als Vierjährige nachts am Bett meiner Mutter sitzen, kalte Waschlappen auf ihre linke Brustseite legen, sie mit Geplapper und Handhalten beruhigen. Warum weckte sie ausgerechnet mich bei ihren Herzanfällen? Nicht meinen Vater oder meinen drei Jahre älteren Bruder? Weil ich noch kein Schulkind war, mein Schlaf deshalb gestört werden durfte? Die entsetzliche Todesangst, unter der sie jedes Mal litt, erreichte mich nicht. Woran ich mich erinnere, ist vielmehr die Anstrengung, mich dem Sog des Mitleids zu entziehen.

Am liebsten suchte meine Mutter Ärzte mit Professorentitel auf. Oft gingen den Arztbesuchen Friseurbesuche voraus. Sie schminkte sich, stieg in hohe Pumps, legte ihren besten Schmuck und schicke Kleider an. Betrat sie das Wartezimmer, erstrahlte sie in weiblicher Siegesgewissheit, als lägen nicht ein paar Meter zu einem freien Stuhl vor ihr, sondern ein von jubelndem Publikum gesäumter roter Teppich. Ich schlich hinter ihr her und wünschte mich in ein Mauseloch vor Scham. Was hätte ich gegeben für einen Zauberstaub, um diese peinliche Hysterikerin zurückzuverwandeln in die einfallsreiche, lustige, normale Mutter, die ich auch kannte und sehr liebte.

Martls unablässiger Vorwurf, Rosa habe sich schon immer dem Kranksein an den Hals geworfen, war keineswegs übertrieben. Nur konnte sie die Not, die sich darin ausdrückte, schwer gelten lassen. Was nützt, schien meine Tante zu denken, die grazilste Taille, wenn sie einer Frau gehört, die ihr halbes Leben hinter geschlossenen Vorhängen im Bett liegt und nichts anderes zu tun hat, als stündlich ihren Blutdruck zu messen und darüber nachzugrübeln, ob Königin Silvia von Schweden bei den Besuchen in ihrer deutschen Heimat in Schlössern, Grandhotels oder in ihrem Elternhaus nächtigt.

Neben Süßigkeiten waren Krankheiten das zweite wichtige Themenfeld, das meine Tante beackerte, um den Kontrast zwischen sich und ihrer Schwester zu verdeutlichen. Jede Gewohnheit, die nach allgemeiner Übereinkunft der Gesundheit dient – das Einatmen von Waldluft, das Essen von frischem Obst, das Einhalten geregelter Mahlzeiten, das Training regelmäßigen Stuhlgangs, das Schlafen bei gekipptem Fenster –, brachte sie mit Rosas ungesunder, all dies missachtender Lebensführung in Verbindung. Wenn sich meine Tante im Sommer zum Kaffeetrinken auf die Gartenbank setzte, wozu ich sie erst überredet hatte, stöhnte sie auf: »Ach Gott, wenn dei Mutter wenigschtens einmal am Tag an die Luft ging!« Ob im Fernsehen ein Gesundheitsmagazin lief, ob ich nieste oder der Hund der Nachbarn zum Tierarzt musste, jeder minimale Anreiz entlockte ihr einen Vortrag über eingebildete Krankheiten und schädliche Medikamente.

Als sie im Alter von siebenundsechzig Jahren zum ersten Mal von einer Krankheit heimgesucht wurde, dann aber gleich von einer schweren, kostete sie ihre Verachtung für die Sphäre des Medizinischen beinahe das Leben. Normalerweise fiel sie mir schneller ins Wort, als ich die Frage nach ihrem gesundheitlichen Befinden überhaupt vollständig formulieren konnte. Ich brauchte nur »Tante, wie geht ...« zu sagen, schon posaunte sie »Isch brauch ke Arzt und ke Pille« oder »Unkraut vergeht net!«, und ich hatte mir abgewöhnt, ihr die Frage, deren Erörterung bei den Telefongesprächen mit meiner Mutter wiederum großen Raum einnahm, noch zu stellen. Eines Abends rief Martl bei mir an, stöhnte ausgiebig, was mich nicht stutzig machte, da ich an ihre Stöhneinleitungen gewöhnt war, und begann schließlich, sich über das deutsche Gesundheitssystem zu beschweren. Daran war ich ebenfalls gewöhnt. »Unser Gesundheitssystem is an die Wand gefahre«, lautete eine ihrer wiederkehrenden Behauptungen. Meist ergab sich daraus ein Referat über die Korruptheit liederlicher Ärzte, denen hypochondrische Damen wie ihre Schwester Rosa gerade recht kämen, weil sich mit ihnen ein Haufen Geld verdienen ließe. »Und bei de Krankenkasse sitze dumme faule Leut, die nix merke und nix merke wolle.«

Wie nebenbei berichtete sie im Verlauf des Telefonats, in der Röntgenabteilung des Krankenhauses von Zweibrücken gehe es zu »wie am Flieschband«. Das deutsche Gesundheitssystem sei nun mal an die Wand gefahren. »Drei Stund hab ich do warte müsse.« Sie überließ es allen Ernstes mir, den Wink zu verstehen und so lange zu insistieren, bis sie mit der Wahrheit herausrücken musste. Der Knoten in ihrer linken Brust zeichnete sich schon durch die Haut ab. Zwei Tage zuvor hatte sie endlich ihren Hausarzt aufgesucht, dieser sie sofort ins Krankenhaus überwiesen. Sie musste schleunigst operiert werden. »Des habbe annere a scho überlebt. Ma kann sisch jo e bissche zusammennehme. Dei Mutter hat sisch noch nie zusammengenomme.« Hatte mich der Rosawahn meiner Tante schon immer gestört, geärgert oder überfordert, so deprimierte er mich in diesem Moment wie nie zuvor. Martl hatte Krebs, und selbst jetzt kannte die Magnetnadel ihres Denkens nur eine Richtung. Ihre Hoffnung, geheilt zu werden, wurde noch übertroffen von ihrem Ehrgeiz, im Krankenhaus den Ruf der bescheidensten und unwehleidigsten aller je dagewesenen Patientinnen zu hinterlassen. Immer vor Augen, wie Rosa sich während ihrer zahlreichen Klinikaufenthalte aufspielte, war Martl fest entschlossen, sich gegenüber Ärzten und Schwestern so unstrapaziös wie möglich zu verhalten. Sich von mir ins Krankenhaus begleiten zu lassen, lehnte sie ab. »Isch hab jo nix an de Füß und nix im Kopp. Isch brauch ke Fremdeführer und ke Uffpasser.« Ich durfte sie erst ein paar Tage nach der Operation besuchen. Als ich die Tür zu ihrem Zimmer öffnete, rief sie mir mit gellender Stimme »Unkraut vergeht net!« entgegen. Um ihr eine Freude zu machen, hatte ich außer einem Blumenstrauß auch zwei Packungen Bahlsenkekse und mehrere Scheiben festes dunkles Brot dabei. Ich war mir sicher, Tante Martl würde an dem labberigen Brot, das in Krankenhäusern zum Frühstück und zum Abendessen an die Patienten verteilt wird, keinen Geschmack finden, und mit Krankenhauskost kannte ich mich aus. Ich hatte meiner Mutter, die bei ihren oft wochenlangen Einquartierungen in den verschiedensten Kliniken über die monotone Ernährung klagte, über die Jahre hin alle möglichen Leckerbissen mitgebracht: Windbeutel, Schwarzwälder Kirschtorte, Mozartkugeln und selbst gemachten Apfelstrudel, aber auch in Blätterteig gebackenes Hühnerfleisch und einmal einen Toast Hawaii, der während der Fahrt zur Klinik allerdings kalt geworden war. Meine Mutter ließ nicht locker, bis ich bereit war, mich zur Krankenhausküche durchzufragen und den Toast Hawaii dort aufwärmen zu lassen.

Tante Martl zeigte sich über meine Geschenke keineswegs erfreut. »Was hascht du denn all dabei? Was soll isch denn do herin mit Brot? Des kannsche grad wieder mitnemme«, herrschte sie mich an. Den Blumenstrauß hielt sie ebenfalls für überflüssig. Nicht weil sie Blumen nicht mochte, sondern weil sie fürchtete, das Krankenhauspersonal durch die Pflege der Schnittblumen zu belasten und am Ende doch noch als unliebsame Patientin zu gelten. »Des sin net mei Sklave, di isch renne lass. Isch bin jo net wie Madam.« Es war eine der abfälligen Bezeichnungen, die sie für Rosa parat hatte. Ich sagte nichts, ging auf den Flur und suchte das Schwesternzimmer, um nach einer Vase zu fragen. Als ich zurückkam, saß Tante Martl aufrecht im Bett, vor sich das mit einem Stahlgelenk am Nachttisch befestigte Tablett, auf dem sich der Teller mit ihrem Abendessen befand: zwei Scheiben Cervelatwurst, ein Stückchen Butter, ein kleines Dreieck Schmierkäse in Silberfolie, zwei saure Gurken und zwei Scheiben fahles Brot. Bis zum letzten Bissen schob sie die fade Mahlzeit, die ihr unmöglich schmecken konnte, in sich hinein. Dass sie, die große Stücke auf ihr ungekünsteltes Wesen hielt, sich bei alldem wie eine Schauspielerin verhielt, schien sie nicht zu bemerken. Theatralisches Getue war nun mal Rosas Sache.

Tante Martl und ich stritten uns öfter, vertrugen uns aber bald wieder. Wir ähnelten uns in der jäh aufwogenden und genauso schnell abflauenden Dramaturgie des Streitens. Nie hatten wir ein Telefonat unversöhnt beendet, nie hatte ich mich in Zwietracht von ihr verabschiedet. Jetzt war ich ausreichend gekränkt, es zu tun. Ich war nicht acht Stunden mit dem Zug von Berlin nach Zweibrücken gefahren, um mich von einer verschrobenen alten Frau anschnauzen zu lassen. Ich hatte drei lange und mein ganzes diplomatisches Geschick erfordernde Telefongespräche damit verbracht, Bärbl von einem Besuch im Krankenhaus abzuhalten, weil ich Martl die panische Aufgeregtheit ersparen wollte, mit der ihre älteste Schwester schon auf kleinste Unregelmäßigkeiten im Alltag reagierte und die sich hochrechnen ließ zu einem Nervenzusammenbruch am Bett der Frischoperierten. Für Martl aber zählte nur eines: der Sieg über ihre Schwester Rosa im Wettbewerb heroischen Krankseins. Ich stellte die Vase mit den Blumen auf die Fensterbank und ging zurück zu dem Sessel, auf den ich meinen Mantel und meine Reisetasche gelegt hatte. Martl schob das Tablett weg und ließ sich auf den Rücken sinken. Ich hörte ihrem Stöhnen an, dass sie Schmerzen hatte, und dann hörte ich, wie sie leise sagte: »Ursi, kommsche mol her?« Sie griff nach meinem Unterarm und hielt ihn fest. »Wir kenne all net aus unserer Haut, isch net und du net.«

MEINE TANTE WURDE ZUR Meisterin darin, sich um alles und jeden Sorgen zu machen. Es war ein Mechanismus, der sich auch dann in Gang setzte, wenn der Anlass der Sorge sie persönlich überhaupt nicht betraf. Sie machte sich wegen des hässlichen Erbstreits Sorgen, in den ein Lehrerkollege verwickelt war, und wegen der Rückenschmerzen von Bärbls Friseurin. Sie kannte diese Friseurin gar nicht, hatte nur von Bärbl gehört, dass sie unter Rückenbeschwerden litt, und erkundigte sich nun bei ihrer eigenen Friseurin, ob auch sie von dem berufstypischen Leiden geplagt sei. Wenn sie wusste, dass ich an einem Sonntag von einer Reise nach Hause kam, war sie in Sorge, ob ich im Kühlschrank ein paar Essensreste vorfände. Einmal überlegte sie allen Ernstes, wie die Telefonnummer meiner Berliner Hausnachbarn in Erfahrung zu bringen wäre, um sie zu bitten, ein paar Lebensmittel vor meine Tür zu legen. Wenn sie in den Wetternachrichten hörte, dass über dem Osten Deutschlands ein Wolkenbruch niederging, war sie von der Vorstellung, ich könne meine Wohnung verlassen haben, ohne die Fenster zu schließen, so beunruhigt, dass sie stundenlang nicht einschlafen konnte.

Bei meinen Besuchen gingen wir hin und wieder zum Mittagessen in ein kleines Restaurant, das von einem älteren Ehepaar geführt wurde. Der Mann stand in der Küche, seine Frau servierte. Offensichtlich konnten sie sich weder einen Hilfskoch noch eine zweite Kellnerin leisten. Meine Tante hatte keinen Zweifel, das Paar befände sich im Würgegriff wirtschaftlicher Not und taumelte vor

Überarbeitung am Rande des Zusammenbruchs. Ihr mitleidiger Blick suchte unaufhörlich nach Anzeichen grausamer Erschöpfung. Ob ich nicht auch, fragte sie mich, die dunklen Täler unter den Augen der Frau, die müde Kopfhaltung des Mannes bemerke? Ich verkniff es mir, zu widersprechen. Es hätte sie nicht von ihrer Sorge um die Wirtsleute abgebracht, die sie noch den ganzen Nachmittag und Abend, ja bis zum nächsten Morgen verfolgte. Beim Frühstück lenkte sie das Gespräch sofort wieder auf die Mühsal des kochenden Mannes und seiner kellnernden Frau. Kummervoll setzte sie mir auseinander, dass die Eheleute nie in den Genuss eines freien Wochenendes kämen und selbst zu Weihnachten an das Mühlrad ihres Lokals gefesselt seien. Gerade da herrsche ja Hochbetrieb. Und was, wenn einer von beiden erkrankte?

Eine Spezialität meiner Tante war das Sorgenparadox. Kaum hatten wir im Restaurant Platz genommen und die Speisekarte geöffnet, befürchtete sie, ich könne das falsche Gericht wählen. Bestellte ich eine Rindsroulade, rief sie entsetzt: »Ach Gott Kind, des viel Fleisch liegt dir doch wie e Stein im Mache!« Bestellte ich etwas Fleischloses, argwöhnte sie, ich könne zur Glaubensgemeinschaft der verrückten Vegetarier übergetreten sein. Nur nach vielen Ermahnungen suchte sie sich selbst etwas aus. Sie zu bitten, die Sorgenmacherei endlich sein zu lassen, war so effektiv, wie einen Menschen auf seine nervös zuckende Augenbraue hinzuweisen. Dass er von seinem Tic weiß, heißt noch lange nicht, dass er ihn abstellen kann. Und es war eine Art Tic, der das Sorgenkarussell im Kopf meiner Tante kreisen ließ, oft gegen ihren Willen. Ihr war durchaus bewusst, sich um ein Vielfaches mehr zu verausgaben, als sie zurückbekam. Niemand wurde aus Sorge um Tante Martls Wohlergehen um den Schlaf gebracht. Umgekehrt war es vermutlich noch viel häufiger der Fall, als ich ahnte. Manchmal machte ich Witze über ihre Sorgenmanie und bot ihr eine Wette an. Wenn ich erriete, um welchen Sorgenfall ihre Gedanken gerade kreisten, bekäme ich eine Mark. Meine Tante lachte, griff nach meinem Arm und war für eine kurze Weile abgelenkt.

Der Anblick meiner Mutter, wie sie eine Tablettenschachtel öffnete und ohne nachzuzählen Pillen aus der Verpackungsfolie drückte, den Kopf in den Nacken legte, um sich das Häuflein aus der hohlen Hand in den Mund zu schütten, brachte meine Tante aus der Fassung. Vor Wut hätte sie meiner Mutter die Pillen am liebsten aus der Hand geschlagen. Eine Sekunde später wich die Wut der panischen Furcht, meine Mutter könnte die Chemieladung trocken hinunterwürgen, weil sie zu bequem wäre, sich ein Glas Wasser zu holen. »Rosa!«, schrie meine Tante. »Bische verrickt, du musch trinke!« Sie stürmte in die Küche, riss ein Glas aus dem Schrank, hielt es unter den Wasserhahn und sauste zu meiner Mutter zurück. Um sie vor dem Ersticken zu retten, half sie ihr nun dabei, sich zu vergiften. Noch Stunden später sah man meiner Tante den Ärger darüber an, dass es Rosa wieder einmal gelungen war, ihr in Widersprüchen verstricktes Sorgenpotenzial vollends für sich zu vereinnahmen.

Vom lärmenden Trotz ihrer Kinderzeit hatte sich Martl etwas Renitentes bewahrt, das darüber hinwegtäuschen konnte, dass sie gegenüber den Wünschen ihrer Familie keinerlei Widerstandskraft besaß. Kam ihr Vater nach seinem Mittagsschlaf auf die Idee, einen spontanen Ausflug zu einem Schwanenweiher in der Nähe von Zweibrücken zu unternehmen, wozu er Martl als Chauffeuse benötigte, riss er die Tür der oberen Wohnung auf und schrie »Martl, wir fahre in zehn Minute« durch den Hausflur. »Vadder, isch hab ke Zeit, isch muss Hausaufgabe korrigiere«, rief sie von unten zurück, um einen Augenblick später nach ihrer Handtasche zu greifen und den Autoschlüssel herauszuholen. Ihre Bereitwilligkeit grenzte an devote Unterwürfigkeit. Wollte meine Mutter, die immer unter kalten Füßen litt, ihre Hausschuhe auf dem Heizkörper aufwärmen, erschien es ihr völlig normal, den Weg von der Couch zur Heizung nicht selbst zurückzulegen, sondern die neben ihr sitzende Martl darum zu bitten. »Rosa, du wirscht doch drei Meter loofe kenne«, knurrte Martl. Eine Sekunde später bückte sie sich nach den Hausschuhen. Vieles am Leben meiner Tante ist mir bis heute rätselhaft, unter anderem, warum sie sich nie ihren Wunsch nach einem Hund erfüllte, von dem bei Familientreffen immer mal wieder die Rede war. »So e kleen Hundsche kann e große Freud sein«, sagte Martl zaghaft, als verlange sie etwas Ungeheuerliches, das sich nur indirekt umschreiben ließ und fraglos der Zustimmung aller Familienmitglieder bedürfe. Denn vor allem Bärbl und Rosa waren strikt gegen einen Hund, obwohl sie nicht im Haus lebten und mit ihm überhaupt nichts zu tun gehabt hätten. Aber die Vorstellung, in ihrem Elternhaus liefe ein Tier herum, passte ihnen einfach nicht. »Martl, du hascht ke Ahnung von dem Dreck, den e Hund macht«, erregte sich Bärbl, »denk doch an das Ungeziefer, was so e Hund mitschleppt!« Rosa hatte ein anderes Argument auf Lager: »Martl, für einen Hund fehlt dir die Zeit und die Kraft. Du musst morgens mit ihm raus und mittags und am Abend wieder. Das würde dich körperlich vollständig ruinieren!« Über Martls Kopf hinweg wetteiferten ihre Schwestern, was an der Haltung eines Hundes die größere Plage darstelle, die Totalverschmutzung der Wohnräume seiner Besitzer oder deren physische Auszehrung. Meine Großmutter versuchte einzulenken, »Ach Gott, wir habbe jo früher auf de Bauernhöf immer mit Hunde gelebt«, bis mein Großvater als Zeichen, das Gespräch sei hiermit beendet, mit seinem Gehstock an die Tischkante klopfte. »Das Rosa hat rescht. Martl, du brauscht ke Hund.«

Als Rosa zum ersten Mal schwanger war und um sie herum große Besorgnis herrschte, ob ihre labile Gesundheit den Strapazen einer Schwangerschaft gewachsen sei, wirkte ihr Vater so lange auf Martl ein, bis sie sich bereit erklärte, in den Sommerferien nach Herzogenaurach zu fahren, um der Schwester im Haushalt zu helfen. Sie putzte, wusch, bügelte, kochte von früh bis spät. Sie strickte Babykleidung, erledigte sämtliche Einkäufe und bereitete Mahlzeiten für die Zeit nach ihrer Abreise vor, die Rosa dann nur noch aus der Kammer holen und aufwärmen musste. Später beschwerte sie sich bei mir über die Einsätze als Haushaltshilfe, denn dem ersten folgten noch einige. »Stell dir das amol vor: Isch arbeit des ganz Jahr hart in der Schul. Und anstatt mich in de Ferie auszuruhe, werd isch abkommandiert zum Rosa!« Dunkel konnte ich mich daran erinnern, wie meine Mutter auf der Couch gelegen und Martl auf Staubwölkchen auf dem Fenstersims hingewiesen hatte. Nur machte Martl auf mich immer den Eindruck, sich um die Hausarbeit geradezu zu reißen. Sie kam der Rolle des Faktotums so bereitwillig entgegen, dass es meiner Mutter ausgesprochen leichtfiel, sie als solches zu behandeln. »Ursi! Was heischt gerisse? Dei Mutter rührt ke Finger! Do gibt's ke geregelt Mahlzeit und ke Ordnung!« Ich zählte die warmen Mahlzeiten auf, die ich bei meinen letzten Besuchen in Herzogenaurach zu essen bekommen hatte, ich schilderte meiner Tante den gepflegten Zustand von Küche und Badezimmer im Haus meiner Eltern. Sie schwieg und schüttelte sorgenvoll den Kopf. »Isch wes net«, murmelte sie vor sich hin, »isch muss doch emol wieder hin. Das Rosa kommt ja allein net zuresch.« Hatte ich richtig gehört? Gerade noch in Rage über das ausbeuterische Divengehabe ihrer Schwester, überlegte Martl im nächsten Satz, den Haushalt der Diva mal wieder auf Vordermann zu bringen? »Tante«, schrie ich, »jetzt spinnst du wirklich!« Sie seufzte und schwieg. In ihrem Kopf schien sich erneut ein Richtungswechsel zu vollziehen. »Des war a großes Unrescht. Isch wollt in Urlaub fahre. Und was hab isch gemacht? Geputzt! Weil Madam zu fein war, des bissche Haushalt selbst zu erledische.« Diesen Satz kannte ich in- und auswendig, ebenso Martls resigniertes Stöhnen am Ende der Beschwerden. Es drückte die Ohnmacht einer Geknechteten aus, der das Schicksal keine andere Wahl lässt, als zu buckeln und die Befehle der Herrschaft auszuführen.

TANTE MARTLS GESCHICHTE lässt sich in zwei Versionen erzählen, die beide, je nach Betrachtungsweise, zutreffen. Vielleicht liegt darin ihr eigentliches Lebensrätsel. In der einen Version ist sie die immer Hintangestellte, die am Rockzipfel der Eltern hängt, sich selbst gering schätzt und beim Betreten eines Restaurants automatisch den Tisch in der hintersten Ecke ansteuert, von dem sie glaubt, er sei nicht für »bessere Leut« reserviert. Mich regte diese Bescheidenheit furchtbar auf. Ich hielt sie für eine vermurkste Form zur Schau gestellter kleinbürgerlicher Selbstgefälligkeit. Es war ein Dauerstreitpunkt zwischen uns. Einmal zwang ich sie regelrecht, sich im Restaurant an einen Fensterplatz zu setzen, und drohte ihr: Entweder hier oder ich verließe auf der Stelle das Lokal. Als die Kellnerin kam und meine Tante ansetzte, sich für unsere anmaßende Platzwahl entschuldigen zu wollen, fiel ich ihr so herrisch ins Wort, dass sie wie ein Kind zusammenzuckte und mir die ganze Mahlzeit über mit eingezogenem Kopf gegenübersaß.

Meine Entschuldigungen machten die Sache nur noch schlimmer. Alles, was ich vorbrachte, bestätigte meine Tante nur im Gefühl ihrer Zweitklassigkeit. Den missionarischen Eifer, mit dem ich ihr dieses Gefühl auszureden versuchte, erlaubte ich mir in ihren Augen nur deshalb, weil ich sie in Wahrheit zu den Parias zählte, denen jeder über den Mund fahren und sie hinterher auch noch über ihr Pariaverhalten belehren darf. Immer wenn wir essen gingen, bezahlte sie die Rechnung. Hätte ich auch nur ein einziges Mal die Ledermappe mit dem Rechnungszettel an mich genommen, wäre dies für meine Tante der Beweis gewesen, dass selbst ihre Nichte sie für einen Trottel hielt, der nicht weiß, wie man sich in Restaurants benimmt.

In der anderen Version ist meine Tante eine eigenständige, ihren Schwestern in vieler Hinsicht weit überlegene Frau. Sie war die Einzige in ihrer Familie, die einen Führerschein machte und sich ein Auto kaufte, schon in den Fünfzigerjahren. Weder meine Mutter noch Bärbl hatten die geringste Ahnung, was mit Wörtern wie Gangschaltung, Getriebe oder Ölwechsel gemeint ist. Über Autos wussten sie nur, dass man auf dem Beifahrersitz Platz nehmen und sich vom Ehemann herumfahren lassen kann. Weder meine Mutter noch Bärbl betraten je ein Geldinstitut. Sie füllten in ihrem ganzen Leben keinen Überweisungsschein aus, vom Umgang mit einer EC-Karte ganz zu schweigen. Hätte man ihnen eine Steuererklärung oder einen Versicherungsantrag vorgelegt, wären sie über die Angabe ihres Geburtsdatums und ihrer Postadresse nicht hinausgekommen. All diese Sachen erledigte meine Tante allein. In der Existenz ihrer Schwestern gab es, streng betrachtet, etwas Infantiles.

Nicht weil sie keiner beruflichen Tätigkeit nachgingen, sondern weil sie sich für die bürokratischen und wirtschaftlichen Aspekte ihrer Existenz überhaupt nicht interessierten und es als selbstverständlich erachteten, die Verantwortung dafür abzugeben. Irgendjemand würde die Korrespondenz mit der Krankenkasse schon abwickeln, irgendjemand bei der zuständigen Firma anrufen, wenn sich unter dem Heizkörper im Wohnzimmer eine Wasserlache bildete. Sie taten es nicht. Meine Tante blätterte in ihrem Adressbuch zum Buchstaben »H«, griff zum Telefonhörer und vereinbarte einen Termin mit dem Heizungsinstallateur. Die Erwachsenheit, die heute als Voraussetzung eines emanzipierten Frauenlebens gilt, besaß sie, die Junggesellin aus einer pfälzischen Kleinstadt, schon zu einer Zeit, als viele deutsche Hausfrauen nicht einmal ein eigenes Bankkonto hatten.

Was habe ich nicht alles versucht, um ihr das zu verdeutlichen und sie aus dem eisernen Griff der Schwesternrivalität zu lösen. »Tante«, beschwor ich sie, »sei doch mal objektiv! Rosa hat nie in ihrem Leben das Meer gesehen, du schon!« Aber was auch immer ich sagte, es klang, als wolle ich sie trösten und hielte sie folglich für bemitleidenswert. Und war es nicht tatsächlich so? Hielt ich insgeheim die Version, die meine Tante als einen verschatteten Menschen darstellt, nicht doch für die entscheidende? Weil sie ihr Selbstbild wiedergab und somit mehr seelische Wahrheit enthielt. Weil der Verzicht auf eine eigene Familie kaum wettzumachen ist durch Reisen ans Mittelmeer, durch ein selbst verdientes Monatsgehalt und einen Bücherschrank, in dem sich historische Biografien, Romane von Max Frisch und John Steinbeck und Erstausgaben der Rowohlt-Taschenbücher fanden.

Wenn es um Literatur ging, war Tante Martl kein bisschen prüde. An den skandalösen Passagen der »Blechtrommel« von Günter Grass hatte sie nichts auszusetzen: »Wem des net gefällt, muss die Finger weglasse von alle Geschichte aus dem alte Rom.« Meine Mutter hatte nur irgendwo gehört, dass es sich um ein schweinisches Buch handele. Als Beleg ihres Urteils genügten ihr der wilde Zigeunerblick des Autors und sein unappetitlicher Schnurrbart. Bärbl hätte weder mit seinem Namen noch mit dem Titel des Romans etwas anzufangen gewusst. Ereignisse des öffentlichen Lebens drangen kaum zu ihr vor. In fast allem, was sich außerhalb ihrer persönlichen Sphäre abspielte, sah Bärbl eine Bedrohung, die unmittelbar auf sie zulief und vor der sie sich abschirmen musste. Von politischen Konflikten wollte sie nichts wissen, erst recht nichts von Kriegen, die irgendwo auf der Welt geführt wurden. Hörte sie in den Nachrichten doch einmal von einem amerikanischen Serienmörder, schrie sie auf und schlang die Arme um ihren Oberkörper, als stünde er bereits vor ihr und strecke seine Mörderhände nach ihrer Gurgel aus. Ihr zu erklären, AIDS stelle mit hundertprozentiger Wahrscheinlichkeit keine Gefahr für sie dar, war nahezu aussichtslos. »Ach Gott! Hoffentlisch passiert nix«, jammerte sie ins Telefon, als meine Mutter ihr mitteilte, ich würde demnächst im Fernsehen auftreten. Es war vollkommen unklar, was passieren sollte. Aber in

Bärbls Augen führte jeder Schritt, der vom Gewohnten abwich, in namenlose Risiken. Meine Mutter sah der Fernsehübertragung des Klagenfurter Ingeborg-Bachmann-Literaturwettbewerbs, in dessen Jury ich berufen worden war, mit widersprüchlichen Empfindungen entgegen, deren Aufbauschung mich noch nervöser machte, als ich ohnehin schon war. Mal war sie erfüllt von Stolz, eine Tochter zu haben, die vermutlich als Nächstes nach Hollywood eingeladen würde. Mal quälte sie sich mit Horrorszenen, wie ich mich im Fernsehen polternd und lärmend aufführte und die Familie blamierte. »Mach uns bitte keine Schande«, trug sie mir in seltsam offiziellem Ton auf. Zu einer sachlichen Betrachtung meiner beruflichen Angelegenheiten war allein Martl fähig. Sie behelligte mich auch nicht mit Sorgen. »Behalt die Nerve«, sagte sie, »und lass dich von nix und niemand beirre. Das is zu schaffe.«

Bevor ich zwei Schriftsteller als Kandidaten des Wettbewerbs vorschlug, schickte ich Martl deren Texte. Ich wollte wissen, was sie von ihnen hielt. Eine Woche später holte ich aus meinem Briefkasten einen Umschlag, in dem sich die Erzählungen befanden, beide akribisch durchkorrigiert. Tante Martl hatte mit Bleistift fehlende Kommata eingefügt, falsche Konjunktive mit einem Fragezeichen versehen und an den Rand Bemerkungen wie »besser wörtlich zitieren«, »zu abstrakt« oder »das sollte der Leser selbst erkennen« geschrieben. Niemand außer mir wusste, dass in Klagenfurt zwei Schriftsteller mit Preisen ausgezeichnet wurden, deren literarische Arbeiten durch die Hand einer pensionierten Lehrerin aus der Westpfalz gegangen waren. Sie besaß genügend Selbstbewusstsein, ihr Sprachgefühl mit dem professioneller Verlagslektoren zu messen. Sich gegen den Willen ihrer Schwestern einen Hund ins Haus zu holen, das wagte Tante Martl nicht. Da sie seit mehreren Jahren pensioniert war, hatte sie Zeit, sich die Fernsehausstrahlung der Lesungen und anschließenden Jurydiskussionen anzuschauen, morgens drei Stunden, nachmittags drei Stunden. Als Einziger aus der Familie hatte ich ihr die Durchwahlnummer meines Klagenfurter Hotelzimmers gegeben, wenn auch in der sicheren Annahme, sie sei zu scheu, sie zu gebrauchen. Schon unter normalen Umständen fürchtete sie immer, im falschen Moment oder zu oft anzurufen und mich zu stören.

In der Mittagspause des ersten Wettbewerbstages lag ich zitternd auf meinem Hotelbett, vom Stress, bei dem Diskussionstempo mitzuhalten, nervlich und körperlich in einem Grad erschöpft, wie ich es niemals erwartet hätte. Ich fühlte mich komplett demoralisiert. Wenn es so weiterginge, rechnete ich mir aus, würde ich am nächsten und erst recht am übernächsten Tag als psychiatriereifes Wrack in der Jury des Ingeborg-Bachmann-Preises hocken, eine Blamage für die Familie, wenn auch in anderer Weise als von meiner Mutter vorhergesehen. Da klingelte neben dem Bett das Telefon. Tante Martl stöhnte ausnahmsweise nicht: »Ursi, du machst dei Sach gut. Das is anstrengend, isch sehs dir an. Aber du hast vernünftisch Argumente, und du kannscht rede. So, das war's.« Am nächsten Vormittag war der von mir vorgeschlagene Schriftsteller Feridun Zaimoglu mit seiner Lesung an der Reihe, dessen Text meine Tante ja kannte, jedoch nicht seine Erscheinung. Er war durchgehend schwarz gekleidet, trug einen dünnen Oberlippenbart und breite Koteletten, mehrere dicke Silberketten um den Hals und an den Fingern voluminöse Silberringe, zwei davon mit Totenköpfen. Seine Erzählung kam bei der Jury gut an, und ich entspannte mich zum ersten Mal. In der Mittagspause klingelte in meinem Hotelzimmer wieder das Telefon. »Ursi!«, rief Tante Martl. »Dei Räuberheld war dran. Isch hab die Auche zugemacht und bloß zugehört. Der Mann hat e Chance. Isch wett mit dir, der kriescht de erste oder de zweite Preis.« Er bekam den zweiten.

Den Bildungsehrgeiz, mit dem meine Mutter ihre Kinder antrieb, wandte sie keineswegs auf sich an. Das einzige Gebiet, für das sie intensiveres Interesse aufbrachte, war, abgesehen von den Geschicken europäischer Königshäuser, das medizinische. Ich könnte nicht einmal sagen, wie sie über den Mauerfall oder die Wiedervereinigung dachte, ob sie davon überhaupt berührt wurde. Von meinem Vater weiß ich es. Er rief mich am Nachmittag des 10. November 1989 an und teilte mir mit, er habe soeben eine Zugfahrkarte gekauft und werde um 14 Uhr am nächsten Tag am Bahnhof Zoo in Berlin eintreffen. Die Fernsehbilder reichten ihm nicht, er wollte den wahr gewordenen Traum mit eigenen Augen sehen. Auf dem Bahnsteig begrüßte er mich kaum und stürmte mit einem kleinen Koffer in der Hand die Treppe hinunter. Er wollte auf der Stelle zum Brandenburger Tor. In seiner Erregung fehlte ihm die Geduld, auf einen Bus zu warten, und wir hetzten zu Fuß durch den Tiergarten und über die Straße des 17. Juni. Mein Vater sagte kein Wort. Er fragte nicht, was ich in der Nacht gemacht, wie und wann ich von der Sensation erfahren hatte. Ich sollte ihn nur auf kürzestem Weg zum Brandenburger Tor führen. Als wir da waren, stellte er den Koffer ab, schaute auf die feiernden Menschengruppen und begann zu weinen. Mir war diese patriotische Aufwallung ein wenig peinlich, und er war vermutlich enttäuscht, dass seine Tochter dem deutschen Epochenereignis, von dem er nie gedacht hatte, es selbst noch erleben zu dürfen, halbherzig gegenüberstand. Abends rief meine Tante an, ließ sich erzählen, was in Berlin los war, und erkundigte sich, ob ich Lebensmittel im Haus hätte, um für meinen Vater eine anständige Mahlzeit herzurichten.

Das Verhältnis meiner Mutter zu Politik und Politikern war sentimental. An Konrad Adenauer missfiel ihr die Fistelstimme, an Wehner die Schreierei, an Brandt die weiche Kontur der Physiognomie. Helmut Schmidt hielt sie für einen verkappten Diktator. Auf diesen Verdacht brachte sie seine hanseatische Zackigkeit. Von der Liebesromanze zwischen Petra Kelly und Gert Bastian war meine Mutter so beeindruckt, dass sie zum Entsetzen meines Vaters einmal die Grünen wählte. Bärbl ging erst gar nicht zu Wahlen. Das machte ihr Mann. Ich halte es für möglich, dass Bärbl annahm, bei Wahlen habe jeder Haushalt eine Stimme. Martl war die einzige der drei

Schwestern, von der ich sagen würde, sie besaß einen politisch denkenden Kopf. Sie wählte christdemokratisch aus Überzeugung. Sie war auch die Einzige in ihrer Familie, die eine überregionale Tageszeitung las, sie hatte ein Abonnement der FAZ. Wie erschöpft sie am Ende eines Tages auch war, bevor sie die Nachttischlampe ausknipste, blätterte sie im Bett wenigstens zehn Minuten durch die Zeitungsseiten.

Sie leistete sich durchaus kostspielige Garderobe. Alles in allem gab Tante Martl für Kleidung vermutlich mehr Geld aus als Rosa. Allerdings war der Wert ihrer Röcke, Hosen, Blusen, Pullover und Mäntel nur für den geschulten Blick erkennbar. Anders als Rosa, die sich, zumindest in jüngeren Jahren, mit eng geschnittenen Röcken, goldfarbenen Gürtelschnallen, hohen Pumps und bunten Stoffmustern darum bemüht hatte, Aufsehen zu erregen, strengte sich meine Tante an, alles Auffällige zu vermeiden. In ihrem Kleiderschrank gab es kein einziges als Blickfang geeignetes Stück. Sie bevorzugte eine optisch schlichte, wenn auch qualitativ erstklassige Garderobe. Ob ein Kleidungsstück für sie infrage kam oder nicht, entschied sich an dessen Material und seiner Verarbeitung. Auf schmeichelnde Farben kam es ihr nicht an, auf Schnitte, die ihre Körperform vorteilhaft betont hätten, noch weniger. Wenn sich meine Tante in einem Geschäft Strickjacken zeigen ließ, interessierte sie sich hauptsächlich dafür, ob sie aus reiner Schurwolle gefertigt waren oder, noch besser, aus feinster Merinowolle. Die graue, dunkelblaue oder braune Jacke, die sie dann erwarb, oft eine Nummer zu groß, hätte ein Fachmann als edle Ware klassifizieren können, für jeden anderen handelte es sich um eine geräumige Jacke für den Hausgebrauch. Den dunkelblauen Hosenanzug von Bogner, den sie bei unserer Elsass-Tour trug, hätte sie um ein Haar nicht gekauft, weil sie die Perlmuttknöpfe des Jacketts zu knallig fand. Ich redete zehn Minuten am Telefon auf sie ein, bis sie bereit war, noch einmal in die Boutique zu gehen, den Hosenanzug trotz seines Makels zu kaufen und die hellen Perlmuttknöpfe durch dunkelblaue zu ersetzen. Am wenigsten sparte meine Tante bei Schuhen. Sie besaß sogar handgefertigte, aber kein Paar, das nicht dunkelbeige, schwarz oder braun und dessen Absatz höher als eineinhalb Zentimeter gewesen wäre.

Im Jargon der Modezeitschriften ließe sich der Kleidungsstil meiner Tante als dezente Eleganz bezeichnen. Sie schaffte es allerdings, die Eleganz so zum Verschwinden zu bringen, dass nur die Dezenz übrig blieb. Für mich liegt darin ein Sinnbild der zwei Versionen ihres Lebens.

IN IHREM HANDSCHRIFTLICHEN TESTAMENT vermachte mir meine Tante ihren gesamten Schmuck. Sie wünsche sich, hatte sie dazu geschrieben, dass er später einmal an meine Tochter weitervererbt würde. Einige ihrer Schmuckstücke kannte ich, einen Ring mit einem grünen Diamanten, eine Goldkette und eine schmale Armbanduhr, die sie trug, wenn wir ins Restaurant oder am Sonntagmorgen in die Kirche gingen. Ihre wertvollsten Stücke verwahrte sie jedoch in ihrem Bankschließfach. Als mein Bruder und ich ein paar Wochen nach ihrer Beerdigung das Schließfach öffneten, fanden wir außer Dokumenten eine kleine Plastiktüte mit Schmuck, unter anderem ein Armband in einer Art Zopfmuster. Die schräg zueinander laufenden Glieder sind zu einer Hälfte aus Gold, zur anderen aus einem Edelmetall, das ich für Silber hielt. Ich wusste sofort, dass ich dieses in seiner ornamentalen Schlichtheit wunderschöne Armband sehr oft tragen würde. Erst ein Jahr später ging ich zu einem Berliner Juwelier, um es von einem Profi begutachten zu lassen. Ich holte es aus meiner Handtasche und legte es auf den Verkaufstresen. »Ohhh«, sagte der Juwelier, nachdem er einen kurzen Blick darauf geworfen hatte. Er steckte sich eine kleine Lupe vor sein rechtes Auge, nahm das Armband in die Hand, führte es nah unter die Lupe, drehte es hin und her und sagte noch einmal »Ohhh«. Dann rief er einen Kollegen herbei, der sich in der Werkstatt hinter dem Verkaufsraum aufhielt. Er klemmte sich ebenfalls eine Lupe vors Auge, und sie beugten sich zu zweit über mein Armband.

Mir war in Anbetracht der Situation nicht ganz geheuer. Es soll vorkommen, dass Leute beim Juwelier von der Polizei abgeholt werden, weil sie in den Verdacht geraten sind, Hehlerware anzubieten. »Das ist echt, oder?«, fragte ich vorsichtig. »Reines Gold und Silber?« Die Juweliere schüttelten den Kopf. »Nein, nein«, sagte einer, »das ist Gelbgold und Weißgold.« Auf die Gefahr hin, mich noch mehr zu blamieren, erkundigte ich mich nach dem Wert des einen und des anderen und erfuhr, Weißgold sei um einiges wertvoller als Gelbgold, würde aber häufig – also von Ignoranten wie mir, was der höfliche Juwelier nicht so ausdrückte – mit Silber verwechselt. »Wunderschön«, sagte der Juwelier, »ein wunderschönes Stück. Auch der Verschluss, so wird heute kaum mehr gearbeitet. Wo haben Sie das denn her?« Ich hätte es, erklärte ich, von meiner Tante geerbt. »Ach«, sagte der Juwelier, »von Ihrer Tante.« Er schaute über mich hinweg, als sähe er hinter mir die Frau, deren distinguiertem Geschmack die Wahl des Armbands zu verdanken war. In seinem Blick lag Hochachtung, fast so etwas wie Verliebtheit. Solche Kundinnen, sagte der Blick, die nicht für wenig Geld irgendeinen protzigen Ramsch kaufen, sondern sich ein edles Stück etwas kosten lassen, wünscht sich jeder Juwelier.

Für einen kurzen Moment schlüpfte meine Fantasie in das Bild, das er sich von der früheren Besitzerin des Armbandes zu machen schien. Zweifellos hätte es ihn erstaunt, zu erfahren, genau diese Dame habe im Haushalt ihrer Schwester als Putzfrau geschuftet und in der Gastwirtschaft einer pfälzischen Kleinstadt freiwillig den ungünstigsten Tisch angesteuert. Wie unter einem sekundenschnellen Blitzlicht erkannte ich den Entwurf einer Person, strahlender, raumgreifender, gelöster als meine Tante, die sich in ihr verborgen gehalten hatte, so wie sie ihr schönstes Schmuckstück in einem Bankschließfach versteckte. Wann hatte sie es überhaupt je getragen? Für welchen Anlass könnte sie zur Stadtsparkasse gegangen sein, sich mit einem Geheimcode Zugang zum Tresorraum verschafft haben, um das Armband aus ihrem Schließfach zu nehmen und ein paar Tage später wieder zurückzubringen? Mir fällt kein solcher außerordentlicher Anlass ein. Auf Reisen nahm meine Tante das Armband sicherlich nicht mit, und bei ihrem Fernsehauftritt trug sie es nicht, das weiß ich. Hatte sie es im Schließfach mit der Aussicht darauf verwahrt, dass ich sie eines Tages so sähe wie dieser Juwelier sie sah?

Auch bei Möbeln achtete meine Tante auf Qualität. Anfang der Fünfzigerjahre trat sie ins Lehrerkollegium der Hauptschule von Zweibrücken ein. Sie war nun Beamtin, ein Status, dessen finanzielle Verlässlichkeit es ihr erlaubte, einen kleinen Kredit aufzunehmen, um sich ein Auto zu kaufen, einen VW Käfer, der später durch einen VW Golf ersetzt wurde, und sich in der Erdgeschosswohnung des Hauses ihrer Eltern einzurichten. Sie wohnten im Stockwerk darüber. Der Grundriss beider Wohnungen war identisch. Rund um ein quadratisches Entree lagen Küche, Bad und drei Zimmer, keines größer als achtzehn Quadratmeter. Es ist mir kaum begreiflich, wie neun Esser um den Tisch im Wohnzimmer meiner Großeltern passten. Aber wir waren, wenn die Familien zusammenkamen, tatsächlich zu neunt. Meine Großeltern, ihre drei Töchter, zwei Schwiegersöhne, mein Bruder und ich. Es muss ein ständiges Gedränge und Geschiebe mit eingezogenen Bäuchen gewesen sein. Vermutlich habe ich die Enge gar nicht empfunden, sondern es als Jüngste der Sippe genossen, mich unter dem Tisch durchzuwuseln.

Die Schüsseln mit Kartoffelbergen und den riesigen Sonntagsbraten sehe ich jedoch so genau vor mir wie das Möbelensemble im altdeutschen Stil, das ein Schreiner in den Zwanzigerjahren für meine Großeltern hergestellt hatte. Es bestand aus dem Esstisch und sechs Stühlen, die bei unseren Zusammenkünften um Küchenstühle ergänzt wurden, einer Kredenz mit verglastem Vitrinenaufsatz und einer Standuhr. Es vermittelte bürgerliche Gediegenheit, schön war es nicht. Man sah ihm den Kompromiss aus repräsentablem Zweck und wirtschaftlicher Beschränkung an. Es wirkte düster und klobig, was die schwarzbraune Färbung des Eichenholzes noch verstärkte, vor allem bei der Standuhr. Sie stand wie ein finsterer Beobachter in der Ecke neben dem Fenster.

Bärbl und Rosa blieben dem elterlichen Geschmack insofern treu, als sie ihre eigenen Wohnzimmer mit Möbeln im sogenannten Gelsenkirchener Barock bestückten, der heute als Inbegriff geschmackloser Spießigkeit gilt. Im Wohnzimmer von Tante Martl herrschte ein anderer Stil. Ihre Sessel, die Couch, der niedrige Couchtisch, die beiden ums Eck gestellten Schränke waren heller, leichter, moderner. Sie bestanden aus reinem Buchenholz, nicht aus billigen Furnieren. Bärbl und meine Mutter behaupteten, Martls Sessel seien Folterinstrumente, man könne darin überhaupt nicht sitzen. Sie waren an das Einsinken in dicke Polster gewöhnt, nicht an Sitzmöbel mit geraden Linien und leicht geschwungenen Armlehnen, die an das Bauhausdesign erinnerten. Als Kind machte es mir einen Heidenspaß, die Treppe im Haus meiner Großeltern hinauf- und sofort wieder hinunterzurennen, um in kurzem Zeitabstand die unterschiedlichen Interieurs und Gerüche der beiden Wohnungen auf mich wirken zu lassen. Es waren die gleichen Räume und doch ganz andere Welten. Heute frage ich mich, an welchen Vorbildern sich das Stilempfinden von Tante Martl vor einem halben Jahrhundert orientiert haben mag.

GLÜCK IST SICHER DAS falsche Wort. Aber eine gewisse Unbeschwertheit dürfte es in Martls Alltag in den zwölf Jahren zwischen ihrer Verbeamtung und dem Schlaganfall ihres Vaters doch gegeben haben. Wenn sie aus der Schule nach Hause kam, aß sie mit den Eltern zu Mittag, legte sich danach in ihrer Wohnung eine Stunde aufs Ohr, trank anschließend zwei Tassen schwarzen ungesüßten Kaffee, korrigierte Hausaufgaben und bereitete den Unterricht des nächsten Tages vor. Sie las viel, vor allem Bücher über die südlichen Länder und Städte, die sie in den Oster- und Sommerferien bereiste, vorausgesetzt, Rosas Haushalt streckte nicht seine Hand nach ihr aus. An vielen Sonntagen kamen Bärbl und ihr Mann zu Besuch, die sich in Kaiserslautern niedergelassen hatten. Vermutlich gestand Martl es nicht einmal sich selbst ein, aber als Kind und als Jugendliche muss sie insgeheim darüber nachgedacht haben, wie anders die Welt wäre, wenn es kein vom Vater vergöttertes, sie in den Schatten stellendes Rössche gäbe, sondern nur zwei Schwestern, sie und Bärbl, mit der sie sich immer gut vertrug. Alles andere erscheint mir beinahe unnatürlich. Ich selbst liebte meinen Bruder, was mich nicht davon abhielt, den entrückten Bücherverschlinger in meinen Tagträumen gegen einen rebellischen Halbstarken auszutauschen, neben dem ich als vergleichsweise brav und leise gegolten hätte. Und ich bin mir sicher, dass Martl am sonntäglichen Zusammensein mit ihren Eltern, Bärbl und deren Mann auch deshalb festhielt, weil es eine dunkle Kinderfantasie einlöste. Rosa war nicht dabei. Sie befand sich in Franken, viel zu weit entfernt, um öfter als ein oder zwei Mal im Jahr in die Pfalz zu reisen.

War Martls Junggesellinnenleben auch gebunden an ihre Eltern, so verlief es in dieser Zeit doch nicht ohne Geselligkeit. Sie gehörte einem Wanderverein an, mit dem sie Tagestouren unternahm. Sie suchte das Kino und das kleine Ensembletheater auf, die es in Zweibrücken damals noch gab. Einmal in der Woche ging sie mit Kollegen zum Mittagessen in das Restaurant, in dem ich später mit ihr oft saß. »Wir hatte e rischtischer Lehrerstammtisch und warn vergnüscht«, sagte sie, »das ging oft bis in de Abend, da wurd Karte gespielt und über Gott und die Welt dischkutiert.« Sie freundete sich mit einer ebenfalls unverheirateten Lehrerin und deren Bruder an. Sie wohnten zusammen und galten als Eigenbrötler. Sie waren sehr gebildet und sehr weltfremd, insbesondere der Bruder, den kaum jemand zu Gesicht bekam. Die ihm nachgesagte Genialität wurde nie in einer beruflichen Tätigkeit auf die Probe gestellt, da er keiner solchen Tätigkeit nachging. Er litt unter krankhafter Prüfungsangst, hatte Wagenladungen von Büchern gelesen, seine Kenntnisse in Altgriechisch und Latein perfektioniert, aber noch nicht einmal das Abitur abgelegt. Er verbrachte seine Tage mit Privatstudien und war die Lebensuntüchtigkeit in Person. Ohne seine Schwester wäre er vermutlich auf der Straße oder in einer Anstalt gelandet. Meine Mutter behauptete, das Geschwistergespann, in dessen Wohnung sie nie einen Fuß setzte, teile sich sogar das Schlafzimmer, was meine Tante energisch bestritt, um Rosa im Gegenzug zu unterstellen, sie wolle ihr aus Bosheit alles, sogar die Freundschaft mit diesen harmlosen, über jeden Verdacht erhabenen Humanisten verleiden.

Tatsächlich spielte sie die Freundschaft herunter und vermied jeden Kontakt zwischen ihrer Familie und dem Geschwisterpaar. Erst nach dem Tod meiner Tante wurde mir beim Durchblättern ihrer Fotoalben bewusst, dass sie einige ihrer Reisen wohl mit den beiden zusammen unternommen hatte. Wer sonst sollte sie auf dem Markusplatz und vor dem Petersdom fotografiert haben? Organisierte Gruppenreisen unternahm meine Tante erst viele Jahre später. Auf einem Foto steht sie in einem Patio der Alhambra zwischen einer Flucht zarter Säulen, in denen sich das von oben einfallende Sonnenlicht bricht. Sie lugt zwischen zwei Säulen hervor, ein wenig verlegen und die Stirn skeptisch runzelnd, als wolle sie dem Fotografen ihren Unwillen darüber zu verstehen geben, inmitten dieser Pracht Fotomaterial an eine unbedeutende Person zu verschwenden. Folglich hatte meine Tante, wenn sie eine Reise antrat, ihren Koffer ins Auto geladen und sich von meinen Großeltern verabschiedet, dann aber, wovon sie niemand erzählte, die Lehrerin und ihren Bruder eingesammelt. Auch auf ihren Urlaubspostkarten erwähnte sie die beiden mit keinem Wort. Der Bruder, so stelle ich es mir vor, wagte sich nicht allein aus dem Hotelzimmer, erwies sich aber, wenn man ihn erst einmal herauseskortiert hatte, als hervorragender Museumsführer. Seine Schwester kam vermutlich nur mit der Hälfte ihres Gepäcks nach Hause zurück. Sie war berühmt für ihre Verschusseltheit. Wo sie sich aufhielt, ließ sie etwas liegen, beim Metzger den Geldbeutel, beim Arzt ihren Schal, auf dem Postamt die Mappe mit den Heften ihrer Schüler.

Zweifellos fühlte sich meine Tante in der Gesellschaft dieser Sonderlinge viel wohler, als sie je zugeben mochte. Vielleicht, weil die Merkwürdigkeit ihres Daseins als ewige Tochter und Junggesellin im Zusammensein mit Menschen, die auf dem Erdball als mindestens so merkwürdige Gestalten herumpurzelten, weniger ins Gewicht fiel.

Stand ich ihr wirklich nahe? Besser gesagt: sie mir? Ich weiß, dass sie in ihren zwei letzten Lebensjahren auf mich zählte. In der grauenhaften Frühphase der Demenz, in der die Kranken noch merken, was in ihnen vorgeht, nahm sie mir das Versprechen ab, sie späterhin nicht leiden zu lassen. Ich habe versucht, es zu halten, und mit der Leitung des Altenheimes darum gerungen, ihr ein Antidepressivum zu verabreichen, als sie von Verzweiflungsanfällen geschüttelt wurde wie von den Stößen eines Erdbebens. Aber nahegestanden? In dem Sinn, dass sie mir Geheimnisse und tiefste Gefühle eröffnet hätte? Wenn ich sie vorsichtig auf den Schatten aufmerksam zu machen suchte, den die Schwesternhassliebe auf ihr Leben warf, wurde sie sofort wütend, als wolle ich sie, und zwar nur sie, der niederträchtigen Rivalität beschuldigen. Und sicher beschwor ich, obwohl ich meiner Mutter kaum ähnlich sehe, als Tochter von Rosa deren immerzu beunruhigende, provozierende Gestalt herauf, wenn ich meiner Tante gegenübersaß.

Allerdings war ich die Einzige aus der Familie, die sie je in die Wohnung des Geschwisterpaares mitnahm. Ich war sechs oder sieben Jahre alt. Vermutlich dachte meine Tante, ich sei zu klein, um den anarchischen Zustand der Wohnung zu bemerken, die einem überfüllten, seit Urzeiten nicht mehr sortierten Museum glich. Ich war keineswegs zu klein. Ich war begeistert von dem Anblick, der sich mir bot. Jeder Tisch, jede noch so kleine Kommode war bedeckt von Prospekten, Bücherstapeln und Plastiktüten, von aufgerissenen Kekspackungen, Gläsern und Tassen mit eingetrockneten Getränkeresten. Ich hätte es niemals für möglich gehalten, dass es in der pfälzischen Provinzstadt Menschen wie diese Lehrerin und ihren somnambulen Bruder gab, der in Filzpantoffeln und einem abgerissenen Hausmantel herumschlurfte. In seinem Eremitendasein hatte er vermutlich noch nie aus der Nähe mit einem Kind zu tun gehabt und gab sich größte Mühe, freundlich zu mir zu sein. Er schlich an den überquellenden, sämtliche Wände der Wohnung bedeckenden Bücherregalen vorbei, zog schließlich einen Band heraus und begann mir lateinische Kinderverse vorzulesen. Mittendrin verstummte er, offensichtlich keimte in ihm der Verdacht, Latein zähle möglicherweise nicht zu den Sprachen, die Sechsjährige mühelos verstehen, und er übersetzte die Verse mit hochtrabender Stimme ins Deutsche. Ich sah an diesem Tag meine Tante mit anderen Augen. Ohne es benennen zu können, ahnte ich, dass man ein Leben zwischen verschiedenen Räumen führen kann, deren Verbindungstüren für andere verschlossen bleiben.

NACH DEM SCHLAGANFALL ihres Vaters wurde Martls Bewegungsfreiheit von einem Pflichtpensum beschnitten, unter dem ein weniger opferbereiter Mensch zusammengebrochen wäre. Sollte sie je insgeheim erwogen haben, sich doch noch vom Elternhaus zu lösen, so war es dafür nun zu spät. Sie wurde zur Gefangenen töchterlicher Verantwortung. Ihr Vater war ein Pflegefall, ein undankbarer und launischer Patient zudem. Einmal rief er aus dem Wohnzimmersessel nach Martl, weil er ein Glas Wasser wollte. Ich war gerade zu Besuch und brachte ihm schnell das Wasser. Erbost, weil sein Befehl von der falschen Dienstbotin ausgeführt wurde, griff er nach dem Gehstock, der an der Armlehne des Sessels lehnte, und schlug das Glas aus meiner Hand. Dann stieß er mit dem Stock so lange auf den Fußboden und brüllte:

»Martl, komm!«, bis sie erschien. Die Kraft ihrer Mutter schwand zusehends. Sie konnte sich gerade noch im Badezimmer allein versorgen, kochen schon nicht mehr. Sie wurde immer vergesslicher, zog im Hochsommer ihren Wintermantel an und wunderte sich, dass sie schwitzte. Meine Tante hetzte vom Morgengrauen bis um Mitternacht durch die Tage. Sie kochte spät nachts Essen vor, das die wechselnden Pflegerinnen nur aufwärmen mussten, legte jeden Abend einen Riegel Bitterschokolade auf den Nachttisch meines Großvaters, an den er gewöhnt war, und lauschte immerzu, ob sich die Haustür öffnete und meine Großmutter ins Freie entwich.

Das Bild des Esels, der an einem Seil ums Mühlrad kreist, ist zur Beschreibung des Lebens, das meine Tante in diesen Jahren führte, nicht übertrieben. Bärbl und ihr Mann kamen regelmäßig, um sie wenigstens für ein paar Wochen in den Ferien abzulösen. Rosa kam ein einziges Mal und beschwor ein Drama herauf, das ich ihr lange nicht verzeihen konnte.

Es muss 1971 oder 1972 gewesen sein, ich war schon im Teenageralter. Die Sommerferien standen bevor, und Martl wollte für zwei Wochen verreisen. Dass sie sich, anders als je zuvor, eine Kurklinik im Schwarzwald als Ziel wählte, musste als äußerstes Alarmzeichen gelten. Sie war, was sie selbst natürlich nicht so ausdrückte, am Ende ihrer Kraft. Bärbl und ihr Mann hatten sich bereit erklärt, sie im Haus zu vertreten. Doch eine Woche vor dem Beginn von Martls Kur mussten sie absagen, da

Bärbls Schwiegervater gestorben war. Es war nicht Martl, sondern Bärbl, die bei Rosa anrief und sie bat, ausnahmsweise einzuspringen. Ich saß in meinem Zimmer und hörte das Telefonat mit halbem Ohr mit. Erst bei dem Satz »ach, das tut mir aber leid für Martl« wurde ich aufmerksam und öffnete leise meine Zimmertür. »Bärbl«, sagte meine Mutter, »ich würde sofort kommen, das weißt du. Aber ich bin keine Hilfe, es muss doch jemand da sein, der Kraft hat und unseren Vater heben kann. Ich bin da fehl am Platz.« Ich schloss leise die Tür und setzte mich auf mein Bett, um mich zu beruhigen. Auf keinen Fall durfte ich meine Mutter mit Vorwürfen überfallen, weil sie nicht bereit war, zum Ausgleich einer familiären Ungerechtigkeit etwas beizutragen, die ja wohl auf der Hand lag. Wenn Martl wegwollte und Bärbl verhindert war, dann war es ja wohl ihre Sache, einen winzigen Teil der Last zu übernehmen.

Aber unter meinem Gerechtigkeitssinn verbarg sich noch etwas anderes: Die Hoffnung, meine Mutter würde von ihren unbestimmbaren, ständig wechselnden Krankheiten genesen, wenn sie alltäglich mit einem Kranken zu tun hätte, dessen Leiden einen medizinisch eindeutigen Namen trug: Schlaganfall. Ich zwang mich, eine volle Stunde vergehen zu lassen, bis ich zu meiner Mutter ins Schlafzimmer ging und ihr so schonend wie möglich den Plan unterbreitete, den ich mir in der Zwischenzeit ausgedacht hatte. Ich wollte mit ihr gemeinsam nach Zweibrücken fahren und als Team an Martls Stelle treten. »Aber du hast doch selbst Ferien«, wehrte sie ab, »das ist doch keine Erholung für dich.« Auf diesen Einwand hatte ich mich, wie auf jeden anderen, vorbereitet. Erstens, sagte ich, könne ich an den Vormittagen ins Schwimmbad gehen, da wäre ja die Pflegerin im Haus. Zweitens hätte ich kein Problem damit, meinen Großvater morgens aus dem Bett zu hieven und abends wieder hineinzuhieven. Ihre einzige Aufgabe bestünde darin, die Haushaltsorganisation im Auge zu behalten. Sie wirkte unentschlossen, aber nicht ganz abgeneigt. »Ich ruf jetzt Martl an, ja?«, schlug ich vor, und meine Mutter nickte.

Alles war minutiös geplant. Wir kamen zwei Tage vor Martls Abreise an, um von ihr in das Alltagsreglement eingewiesen zu werden. Meine Tante hatte Berge von Lebensmitteln eingekauft und Mahlzeiten vorgekocht, die Medikamente meines Großvaters und die Wechselwäsche meiner Großeltern für vierzehn Tage zurechtgelegt. Wir prägten uns das Versteck des Hausschlüssels ein, an den meine Großmutter nicht herankommen durfte. Telefonnummern von Ärzten und hilfsbereiten Nachbarn lagen bereit. Im Stillen dachte ich mir einen Notplan aus, wie ich schlimmstenfalls auch allein zurechtkäme, sollte mit meiner Mutter etwas schiefgehen. Damit war immer zu rechnen. Sollten wir aber, so dachte ich, den Zweiwocheneinsatz mit Bravour bestehen, dann würde sich der melancholische Nebel, der meine Mutter umgab, wie von selbst verziehen. Mit ganz neuem Schwung würden wir nach Hause zurückkehren und dort genauso energisch und zupackend weitermachen.

Meine Mutter und ich schliefen im Gästezimmer meiner Großeltern. Für mich hatte Tante Martl ein sogenanntes Feldbett aufgestellt. Das Wort Feldbett gefiel mir. Es hob mich in den Rang einer Krankenschwester im Krisengebiet, rekrutiert für verantwortungsvolle Aufgaben. Am Tag ihrer Abreise sollte Martl meinem Großvater ein letztes Mal beim Aufstehen, Waschen, Anziehen helfen, ihn dann der Pflegerin übergeben, um sich am Vormittag ins Auto zu setzen und in den Schwarzwald zu fahren. Als ich morgens aufwachte, hörte ich, wie meine Mutter sich mehrmals räusperte. »Ist das Fenster auf?«, fragte sie mit einem verdächtigen Röcheln in der Stimme. Ich schnellte aus dem Bett und lief zum Fenster. Es war gekippt. Ich versuchte, es so leise zu schließen, dass meine Mutter das Klappgeräusch nicht hören und im Luftzug, der während der Nacht ins Zimmer gedrungen war, nicht den Anlass für eine gesundheitliche Unstimmigkeit erkennen konnte. Aber es war zu spät. »Kind«, sagte sie in dem resignierten Tonfall, den ich aus langer Erfahrung kannte, »mich hat was erwischt.« Ich ging ins Badezimmer, um Zähne zu putzen und mich schnell anzuziehen. Aus dem Schlafzimmer meiner Großeltern hörte ich schon Martls Stimme, in eineinhalb Stunden sollte sie losfahren. Als ich zu meiner Mutter zurückkam, saß sie in eingesunkener Haltung auf dem Bettrand. Irgendetwas, eine plötzliche Schwäche, ein Überfall von Viren oder Bakterien, ein sich ausbreitender Gliederschmerz, eine Migräne oder das alte Herzrasen hatte sie heimgesucht.

Sie auf die mögliche Flüchtigkeit von Symptomen hinzuweisen war noch nie sinnvoll gewesen, im Gegenteil. Zuverlässig führte es dazu, dass sich die Erkrankungen meiner Mutter, dem Verdacht der Einbildung ausgesetzt, nur verschlimmerten. Ich sagte nichts und ging in die Küche, wo meine Tante bereits mit den Frühstücksvorbereitungen begonnen hatte. Wie immer stand die Tür offen, um die Zurufe meines Großvaters zu hören. Dass man Rosa, wie er behauptete, dazu erpresst hatte, aus Franken anzureisen, damit Martl sich in Schlammbäder und auf Massagebänke legte, erzürnte ihn schwer. Ihn, den Behinderten, konnte man offensichtlich zwischen Töchtern, Enkelinnen und wildfremden Pflegerinnen herumschieben wie ein lästiges Möbelstück. Als ich ihm am Vortag zum ersten Mal allein aus dem Sessel geholfen hatte, machte er sich absichtlich schwer und wäre mir beinahe aus dem Arm geglitten und zu Boden gestürzt.

»Martl, kommst du mal?«, rief meine Mutter aus dem Gästezimmer. Ich sah die Katastrophe heraufziehen und versuchte, meine Tante in der Küche festzuhalten, um Vorsprung zu gewinnen und meine Mutter in meinen Notplan einzuweihen. Aber Rosas Ruf zu widerstehen war Martl unmöglich. Nicht nur aus Gewohnheit, wie mir plötzlich klar wurde. Das Unheil, das ihren winzigen Rest an Freiheit zu vernichten drohte, übte eine geradezu perverse Anziehungskraft auf sie aus. Sie schob mich zur Seite und lief mit hochrot verzerrtem Gesicht ins Gästezimmer. In ihrer Miene vermischten sich Widerwille und eine Art aggressiver Gier. Die Szene, die sie erwartete, der Fluch ihrer Niederlage, all das war die Lebenslandschaft, deren giftige Luft sie atmete. »Mir geht's nicht gut«, klagte meine Mutter, »ich bin im Elend.« Schon dieser dramatische Begriff musste meine Tante rasend machen, und ich wollte ihn schnell mit einer Bemerkung übertönen. Martl kam mir zuvor. »Rosa«, schrie sie los, »des is ke Elend! Wer de ganze Tach im Bett liescht und sich von Schokolad ernährt, führt ke normal Lebe! Aber normal will Madam jo net sein, sonnern was Besseres!« Einen Moment fürchtete ich, meine Mutter würde vom Bettrand aufstehen und zu einem Schlag ausholen. Stattdessen sank sie in sich zusammen, als wäre der Schlag auf sie selbst niedergegangen. Sie rang nach Luft und knüllte mit beiden Händen ihr Nachthemd über der Brust zusammen. »Wie kann ein Mensch nur so grob sein«, stieß sie hervor, »das Fenster war die ganze Nacht offen, obwohl du weißt, dass mich kalte Luft umbringt. Du hast es mit Absicht aufgemacht. Martl, du bist und bleibst ein verdorbener Tyrann.« Dialoge wie diesen hatte ich schon öfter mitgehört, sein Inhalt war mir nicht neu. Aber der glühende Hass, der in ihm aufkochte, übertraf alles, was ich von Martl und meiner Mutter je erlebt hatte. Wie in Trance unterschied ich kaum mehr ihre Stimmen, sie kreischten über mich hinweg. Ich könnte nicht sagen, wer von beiden als Erste die Worte »Gemeinheit«, »Rücksichtslosigkeit« und »Egoismus« verwendete, ob die grauenvolle Szene fünf oder zwanzig Minuten dauerte. War an ihrem Beginn noch nicht ganz klar, was aus der Schnellerkrankung meiner Mutter folgen würde, so stand es am Ende fest. Martl musste zu Hause bleiben, Rosa geschont werden.

Eine Viertelstunde später rief Martl bei der Kurklinik an. Sie benutzte dafür das Telefon, das im Entree meiner Großeltern auf einer kleinen Kommode stand. Die Sätze, mit denen sie erklärte, weshalb sie so kurzfristig absagen müsse, waren in der ganzen Wohnung zu verstehen. Nach dem Telefonat blieb es totenstill. Ich hatte mich wieder an den Küchentisch gesetzt, ich fühlte mich von allen, meiner Mutter, meiner Tante und meinem Großvater betrogen, der befriedigt in seinem Sessel thronte. Die Dinge waren seiner Ansicht nach wieder im Lot. Ich erwartete, dass Tante Martl in die Küche zurückkehrte, um weiter zu frühstücken. Aber sie kam nicht. Ich schaute ins Gästezimmer, wo sich meine Mutter gerade ihren Morgenmantel anzog, ich suchte sie im Wohnzimmer. Mein Großvater hatte die Zeitung aufgeschlagen, meine Großmutter saß auf der Couch, sie hatte von dem ganzen Aufruhr nichts mitbekommen. Dann öffnete ich die Wohnungstür und ging die Treppe bis zum Mittelabsatz hinunter. Von unten hörte ich schrille, zugleich keuchende Laute. Die Wohnungstür meiner Tante stand offen. Ich machte einen Schritt in ihr Entree, in der Mitte des Raums lag ihr nach beiden Seiten aufgeklappter Reisekoffer. Um ihn herum sah ich Kleidungsstücke, einen verrutschten Stoß heller Blusen, den dunkelblauen Trainingsanzug, den sie extra für den Kuraufenthalt gekauft hatte, Unterwäsche und einen Badeanzug mit weißen Längsstreifen.

Ich fand meine Tante in ihrem Schlafzimmer. Sie lag bäuchlings auf dem Bett, das Gesicht ins Kissen gedrückt, Arme und Beine von sich gestreckt, als wäre sie mit einem Ruck nach vorn gekippt und kraftlos liegen geblieben. Ihr ganzer Körper bebte unter den Wellen eines animalischen Schluchzens. Ihr Rock war, was mich fast am meisten erschreckte, bis zu den Oberschenkeln hochgerutscht. Ich wusste, dass ich nicht sehen sollte, was ich sah. Der Weinkrampf musste meine Tante beim Kofferauspacken so jählings überwältigt haben, dass sie nicht mehr dazu gekommen war, ihre Wohnungstür abzuschließen. Sie merkte nicht, dass ich in der Tür stand, und ich wollte schnell wieder gehen. Als ich mich umdrehte, erschien hinter mir meine Mutter in Nachthemd und Morgenmantel.

An die Enttäuschung, dass Kinobesuche, Einkäufe, Ausflüge oder Einladungen bei Bekannten, auf die ich mich gefreut hatte, von einer Minute zur nächsten platzten, weil meine Mutter sich unpässlich fühlte, war ich gewöhnt. Ich zitterte immer, ob aus unseren Unternehmungen etwas wurde oder sie sich in Luft auflösten, als wären sie nie wirklich geplant gewesen. Ihre morgendliche Erkrankung war für mich kein Ereignis, das aus heiterem Himmel fiel. Was ich ihr lange nicht verzeihen konnte, war der Blick, den sie auf Martl warf, dieses Aufblitzen von Schadenfreude, ein Triumph, den ich verachtenswürdig fand. Heute sehe ich es etwas anders. Ich kann erkennen, dass es auch für Rosa Grund gab, auf Martl neidisch zu sein und ihr manches zu missgönnen. Rössche war der Liebling des Vaters, sie hatte gleich zwei Ehemänner abbekommen, und sie hatte Kinder. So betrachtet fiel ihre Lebensbilanz besser aus. Aber was sie entbehrte, wog nicht weniger schwer als das, was Martl fehlte. Es waren nur andere Entbehrungen. Die Möglichkeit, im eigenen Auto in den Schwarzwald zu fahren, mit selbst verdientem Geld Urlaub zu machen, morgens in einem Trainingsanzug auf einer Wiese zu stehen und gymnastische Übungen zu verrichten, diese Möglichkeit war für meine Mutter so unerreichbar wie eine Fahrt zum Mond.

Sie setzte sich zu Martl aufs Bett, beteuerte ihr unendliches Bedauern und begann, ihre miserable Verfassung in allen Einzelheiten zu schildern. Wenn es etwas gab, das Martls Schluchzen schlagartig beenden konnte, dann solche weitschweifigen Selbstdiagnosen aus Rosas Mund. Sie setzte sich abrupt auf, zog den Rock herunter und ging ins Entree, um ihren Koffer weiter auszupacken. »Gott, Rosa«, sagte sie mürrisch, »wenn de krank bisch, leg dich ins Bett und halt ke Vorträch.« Der Tag ging weiter, als wäre nichts gewesen. Die Pflegerin erschien, meine Tante kochte Mittagessen, hob meinen Großvater aus dem Sessel und schob ihn in die Küche. Bevor sie sich an den Tisch setzte, brachte sie Rosas Essen auf einem Tablett ins Gästezimmer. Zwei Tage später kam mein Vater mit dem Auto in die Pfalz, um meine Mutter, die sich für eine Zugfahrt zu schwach fühlte, und mich abzuholen. Anstatt in der Kurklinik befand sich Martl nun im Haus mit fünf Menschen, die zu beköstigen und zu versorgen waren.

IN EINEM WAREN SICH ALLE Familienmitglieder einig: in der Überzeugung, das Haus meiner Großeltern gliche exakt Goethes Gartenhaus in Weimar. Wahrscheinlich ging diese Idee auf meine Mutter zurück, die nicht nur bei Gefühlen, sondern auch bei Vergleichen zu starken Übertreibungen neigte. War eine Weihnachtsgans besonders gut geraten, aßen wir »wie im besten Fünf-Sterne-Restaurant«, war die Deckenlampe im Keller kaputt, glich dieser dem »schwarzen Loch, in dem wir alle einmal enden«. Niemand aus der Familie war je in Weimar gewesen, was sie nicht daran hinderte, den Vergleich in ihr Repertoire stehender Redewendungen aufzunehmen. Wenn meine Großeltern und ihre Töchter von einem Spaziergang zurückkamen, hielten sie am Fuß der kleinen Steintreppe, die zum Vorgarten hinaufführte, andächtig inne und ließen ihren Blick so lange auf dem Haus ruhen, bis eine ausrief: »Ei, es stimmt: wie das Haus von Goethe!«

Die in dem Satz mitschwingende Befriedigung suggerierte sogar, der Dichterfürst höchstpersönlich habe einen Architekten in die Westpfalz geschickt, um am Haus der Familie eines Gefängniswärters Maß zu nehmen und es in Weimar eins zu eins nachbauen zu lassen. Das Einzige, worin sich die Gebäude tatsächlich ähnelten, waren ihr steiles Walmdach und ihre würfelförmige Proportion. Vermutlich hatte Rosa Goethes Gartenhaus von einer Schwarz-Weiß-Fotografie in Erinnerung, die sie während ihrer Schulzeit in einer Monografie oder in einem Gedichtband gesehen hatte. In Wahrheit glich das Haus meiner Großeltern mit seinem anthrazitfarbenen körnigen Verputz eher einer abweisenden Festung, was man von Goethes Gartenhaus nicht behaupten kann. Es hatte keinen Balkon und keine Terrasse, nicht den kleinsten Erker oder Mauervorsprung. Es war ein düsterer Kubus aus vier Mauern, zwei davon obendrein ohne Fenster. Nichts an diesem Haus streckte sich der Außenwelt entgegen, seine grimmige Fassade schien sie vielmehr abzuwehren und seine Bewohner einzuschließen, worin diese aber keinen Nachteil, sondern im Gegenteil einen besonderen Vorzug sahen. Obwohl Bärbl und Rosa nach ihrer Jugend nie wieder in dem Haus lebten, sprachen sie ihr Leben lang davon, als sei es das einzige Haus auf der Welt, das wirkliche Geborgenheit und verlässliche Sicherheit gewähre. Schon der Gedanke, es je zu verkaufen, kam aus ihrer Sicht einem Sakrileg gleich.

Martl war die Erste, die sich nach dem Zweiten Weltkrieg auf den Weg machte, um nachzusehen, ob das Haus überlebt hatte. Sie wurde von den Eltern nach Zweibrücken geschickt und führte den Auftrag, wie jeden anderen, nach kurzem Murren aus. Selbst ihre Mutter, Herausforderungen sonst unverzagt die Stirn bietend, fühlte sich dem Anblick eines Trümmerhaufens nicht gewachsen, und die Chance, das Haus als solchen wiederzufinden, war groß. Den letzten massiven Luftangriff am 14. März 1945 durch kanadische und britische Bomber hatte nur ein Zehntel der Gebäude von Zweibrücken überstanden. Zu diesem Zehntel gehörte das Haus meiner Großeltern. Es hatte lediglich an seiner westlichen

Außenmauer ein paar kleine Artillerieschäden erlitten und ragte aus dem Ruinenfeld des Hügels einsam heraus. Martl betrachtete es nur von fern. Sie hörte Stimmen aus den geöffneten Fenstern, in den Zweigen des großen Kirschbaums im Vorgarten hingen Bettlaken zum Trocknen, und sie wagte nicht, in das Haus hineinzugehen. Jahrelang wurde ihr von der Familie das Versäumnis vorgehalten, keinen Inspektionsgang durch die Räume unternommen, die fremden Gäste weder ausgekundschaftet noch ihnen eingeschärft zu haben, höchste Sorgsamkeit walten zu lassen. Das Haus stand unter kommunaler Verwaltung, die beiden Wohnungen und das Schlafzimmer im Dachgeschoss dienten vier ausgebombten Familien als Unterkunft. Im Jahr 1949 erhielten meine Großeltern und Martl die Erlaubnis, die obere Wohnung zu beziehen. Sie kehrten mit ein paar Koffern nach Zweibrücken zurück. Ab 1951 stand ihnen auch die untere Wohnung wieder zur Verfügung. Grenzte es schon an ein Wunder, das Haus so unbeschadet, wie sie es eineinhalb Jahrzehnte zuvor verlassen hatten, erneut in Besitz nehmen zu können, so erschien es meinen Großeltern geradezu als göttliche Fügung, das im Keller eingelagerte Mobiliar samt Standuhr und gläsernem Vitrinenaufsatz des Wohnzimmerbuffets unangetastet vorzufinden. Nicht einmal eine Maus hatte sich darin eingenistet. Die Westmauer des Hauses wurde repariert und, da es sich um die sogenannte Regenseite handelte, bei dieser Gelegenheit durch graue schuppenförmig angeordnete Schieferplatten verstärkt, die den Eindruck des Düsteren noch unterstrichen. Meine Großmutter musste neun Zehntel ihres

Gartens als Bauland abgeben und begann sofort, den kleinen Rest mit Kartoffeln, Gemüse und Kräutern zu bepflanzen.

Das Testament meiner Großeltern räumte Martl ein lebenslanges, unentgeltliches Wohnrecht ein. Vererbt wurde das Haus allerdings zu gleichen Teilen an alle drei Schwestern. Stillschweigend ergab sich daraus für Martl die Aufgabe, es für Bärbl und Rosa zu hüten. Ein paar Jahre lang vermietete sie die untere Wohnung, nachdem sie in die obere umgezogen war. Erst an eine Familie mit kleinem Kind, das sich in Tante Martl so vernarrte, dass es auch bei ihr übernachten wollte. Dann an ein Ehepaar, das den Zeugen Jehovas angehörte und meine Tante terrorisierte. Sie klopften mit einem Besenstiel an die Decke, wenn sie Fernsehen schaute, was für die Zeugen Jehovas eine gottlose Vergnügung darstellt, und stellten auch in den Wintermonaten im Keller die Heizung aus, um sich abzuhärten und ihre Vermieterin gleich mit. Nach zwei Jahren wagte es Tante Martl, ihnen zu kündigen. Danach wollte sie keine Mieter mehr, was für mich und meinen Bruder den Vorteil hatte, bei unseren Besuchen die untere, nun leer stehende Wohnung nutzen zu können.

WENN ES IN DER BIOGRAFIE meiner Tante einen Moment gab, der ihr die Chance geboten hätte, doch noch ein neues Lebenskapitel aufzuschlagen, dann im Jahr 1975. Ihre Eltern waren kurz nacheinander gestorben. Ihr

Tod ließ sich seit Langem absehen. »Isch bin vorbereitet«, sagte Martl oft. Sie war keine missionarische Christin, nie wurde ich von ihr bedrängt, sie am Sonntagmorgen in die Kirche zu begleiten, was ich freiwillig machte, oder vor dem Essen mit ihr ein kurzes Gebet zu sprechen. Aber sie war tiefgläubig und hatte keinen Zweifel daran, ihr Schicksal einem höheren Willen zu schulden und ihre Eltern »da drübe« wiederzusehen. Über ihre Trauer sprach sie mit niemandem. Sie sprach auch nicht darüber, was es für sie bedeutete, als Einzige im Haus zurückzubleiben. Ob sie sich ihres Alleinseins erst jetzt, in den stummen Zimmern, in vollem Umfang bewusst wurde oder ob sie aufatmete, ohne die Fußfessel der Verpflichtung für ihre Eltern endlich über sich und ihre Zeit verfügen zu können – ich weiß es nicht. Sicher ist: Tante Martl war nun frei. Sie war eine fünfzigjährige Frau, keineswegs jung, aber noch vor der Schwelle zum Alter, und die Zeiten hatten sich geändert. Zwar war die feministische Revolte nicht in die westpfälzische Kleinstadt vorgedrungen und meine Tante auch viel zu konservativ, um ihre Ideen auf sich zu beziehen. Aber ein allgemeiner Mentalitätswandel machte sich doch überall bemerkbar. Eine Kollegin meiner Tante ließ sich nach dreißigjähriger Ehe scheiden, in ein Nachbarhaus zog eine junge Mutter mit zwei Kindern, und eine berufstätige Junggesellin war weder so außergewöhnlich noch so stigmatisiert wie noch zwei Jahrzehnte zuvor.

Alles Gewohnte aufzugeben hätte ihr nicht nur großes Selbstvertrauen abverlangt, sie hätte auch über Träume verfügen müssen, die mit der gleichen Kraft, mit der sie irgendwann versenkt worden waren, an die Oberfläche zurückkehrten. Welche hätten es sein können? Vom Leben in einer Großstadt hatte sie nie geträumt. Sie hat mich auch nie in Berlin besucht. Wenn sie es getan hätte, dann nur, um sich um meine Wohnverhältnisse keine Sorgen mehr machen zu müssen. Der Traum vom eigenen Gutshof war mit dem Großcousin gestorben, der im Russlandfeldzug fiel.

Hätte es sie, die doch so gern verreiste, nicht gelockt, für eine Weile ins Ausland zu gehen? »Ach du lieber Himmel!«, fuhr sie empört auf, als ich das Thema einmal anschnitt. »Was hätt isch denn da gesollt?« Es klang, als wolle ich sie zur Rede stellen, weil sie es verabsäumt hatte, ihre geliebte Pfalz gegen Sibirien einzutauschen, wo Menschen wie sie meiner Ansicht nach hingehörten. Wir saßen wieder einmal nebeneinander auf ihrer Wohnzimmercouch, und ich versuchte schnell, das Gespräch in eine andere Richtung zu lenken. Nach einer Weile legte sie ihre Hand um meinen Unterarm und sagte versöhnlich: »Was hascht du denn mit Ausland gemeint?« Ich ahnte, worauf sie mit der seltsamen Frage hinauswollte. Unter Ausland, erläuterte ich, sei per definitionem jeder Ort zu verstehen, der sich außerhalb deutschen Territoriums befinde, also auch Länder, in denen die deutsche Sprache vorherrsche. »Aaaach so«, sagte meine Tante, »jetz verstehe wir uns. Ja, des wär scho e Möglichkeit gewese.« Diese Möglichkeit hatte nicht nur theoretisch bestanden. Wie ich nun erfuhr, hatte sie tatsächlich Auswanderungspläne geschmiedet und 1975 erwogen, sich als Lehrerin an einer Schule in der Schweiz oder in Österreich zu bewerben.

Mehr als zwei Jahrzehnte waren seitdem vergangen. Aber die Städte, die in die engere Wahl gekommen wären, allen voran Solothurn, St. Gallen, Graz und Feldkirch, hatte sie wie aus der Pistole geschossen noch immer parat. Sie schilderte mir den Ablauf der Umsiedlung, die sie damals offensichtlich genau durchdacht hatte, so anschaulich, dass ich auf ihrer Wohnzimmercouch sitzend den Umzugslaster vor mir sah, der das Mobiliar meiner Tante über die Alpen transportiert hätte. Es war bei der Idee geblieben. Sie hatte sich nach österreichischen und schweizerischen Schulen erkundigt, die deutsche Lehrkräfte aufnahmen, aber sich nie bei einer beworben. Nie war sie am Samstagmorgen zu einer Bergwanderung aufgebrochen, um am Sonntagabend frohgemut und erschöpft in ihre Wohnung in einem Fachwerkhaus in St. Gallen oder Graz heimzukehren. Keine der rustikalen Gastwirtschaften, die sie an der Schweiz und an Österreich schätzte, war zu ihrem Stammlokal geworden, keine Kellnerin im Dirndl zu ihrer Duzbekannten. Nie hatte sie ein anderes Lehrerkollegium erlebt als das der Hauptschule von Zweibrücken. Die Elternhauskette hielt.

Natürlich war meine Tante, bei all ihren modernen Möbeln, ihrem FAZ-Abonnement und ihrem exquisiten Geschmack für Schmuck, im Herzen ein Kleinbürgermensch, mitsamt dem Sicherheitsbedürfnis und der ängstlichen Veränderungsscheu, die dem Typus zu eigen sind. Ich bin nicht viel anders, meine Möbel stehen seit dreißig Jahren am gleichen Ort. Aber was sie zurückhielt, war noch etwas anderes: Die Ahnung, dass sie der Schuld, die sie in den Augen ihrer Schwestern auf sich geladen hätte, indem sie das Elternhaus im Stich ließ, nicht gewachsen gewesen wäre. Das Gewicht des Schuldgefühls, das sie seit je in sich trug, wog so schwer, dass jedes weitere Gramm sie in die Knie gezwungen hätte. Mit allem, was sie tat, jedem Verzicht, den sie leistete, und jedem Dienst, den sie der Familie erwies, versuchte sie ja, die Last zu verkleinern oder wenigstens nicht anwachsen zu lassen.

Gegen Martls Wunsch, nach dem Tod ihrer Eltern ins hellere Obergeschoss zu ziehen, konnten Bärbl und Rosa kein vernünftiges Argument ins Feld führen, obwohl es ihnen lieber gewesen wäre, alles beim Alten zu belassen. Meine Tante tauschte den gesamten Bestand der beiden Wohnungen gegeneinander aus. Ihre Möbel wanderten nach oben, das düstere Eichenholzensemble meiner Großeltern nach unten, mit einer Ausnahme, der Standuhr. Sie musste nach Bärbls und Rosas Anweisung ihren Stammplatz behalten. Die beiden Schwestern führten sich auf wie Megären, schimpften, heulten und schrien, als Martl den Wunsch äußerte, die Uhr aus dem Obergeschoss zu entfernen und im Erdgeschoss wieder aufzustellen. Meine Mutter verfiel auf einen ihrer extremen Vergleiche. Wenn Martl sich an der Standuhr vergriffe, dann sei dies, als risse sie »den Tabernakel aus dem Gotteshaus«.

Weder Schönheit noch Wert konnten der Grund für die Vergötterung des Kastens sein, der im Schummerlicht einem senkrecht aufgestellten Sarg glich. Überdies war die Uhr niemals in Gebrauch. Ihre Zeiger hatten sich seit über einem halben Jahrhundert nicht bewegt, es wurde auch niemals der Versuch unternommen, sie in Bewegung zu setzen und ihre Funktionstüchtigkeit zu überprüfen. Dass die Uhr nicht einmal dafür taugte, die Zeit anzuzeigen, erhöhte sogar noch ihr familiäres Prestige und adelte sie zu einem antiquarischen Ausstellungsstück. In Wahrheit hätte kein Antiquitätenhändler auch nur einen Pfifferling für sie gegeben. Aber sie galt als das Heiligtum des Hausstands. Die Standuhr blieb also an dem Ort, den sie seit den Zwanzigerjahren einnahm. Martl drapierte hohe Blattpflanzen davor, um sie einigermaßen zu verbergen. Aber zwischen ihren hellen modernen Möbeln störte das Trumm entsetzlich. Wenn ich neben meiner Tante auf der Couch saß und sie besonders lang und tief stöhnte, wusste ich, dass sie sich wieder einmal über den Irrsinn ärgerte, ihren Schwestern zuliebe mit dem Finsterling vor der Nase leben zu müssen. Mehrmals unternahm ich Anläufe zu diplomatischen Verhandlungen mit Bärbl und meiner Mutter, um Tante Martl doch noch von der Uhr zu befreien. Ich musste mir Standpauken über meinen Mangel an Traditionsgefühl anhören, ich erfuhr, dass sich meine Großeltern im Grabe umdrehen würden, wenn sie wüssten, wie despektierlich ich mich über ihr Erbe auslieẞ. Ein so kostbares Stück, hieẞ es, würde keinen weiteren Transport über die Haustreppe heil überstehen. Zu diesem Transport kam es aber schlieẞlich doch. Zwei Wochen, nachdem der Auftritt meiner Tante in der Fernsehsendung »Gold und Glitter« ausgestrahlt worden war, hielt vor ihrem Haus ein Möbellaster. Ein paar kräftige Männer gingen die Treppe hinauf, packten die Standuhr auf die Schultern, schleppten sie zum Laster, fuhren sie als Beiladung nach Kaiserslautern und stellten sie in Bärbls Wohnzimmer wieder ab.

Im Jahr 1990 verlieẞ Tante Martl den Schuldienst. Sie hatte sich lange zuvor schon auf ihre Pensionierung gefreut und mir vorgeschwärmt, dass sie dann endlich in den Monaten Mai, Juni und September, wenn es am Mittelmeer am schönsten sei, verreisen könne. Ich traute dem Frieden nicht und sah meine alleinstehende Tante in das schwarze Loch fallen, das so manchen Frischpensionierten erwartet. Aber ich täuschte mich. Fünf Wochen nachdem sie ihr Fach im Lehrerzimmer der Schule endgültig geleert hatte, lieẞ sie sich mit dem Taxi zum Bahnhof von Zweibrücken fahren, bestieg einen Bus, der sie zum Stuttgarter Flughafen brachte, und flog mit einer Reisegesellschaft nach Kreta.

Es war ihre erste Flugreise. Im Frühsommer darauf flog sie nach Madeira und im September desselben Jahres nach Sizilien, um die antiken Tempel, die Stadt Syrakus und die Katakomben unter dem historischen Stadtteil Ortygia zu besichtigen. Auf der Liste ihrer Wunschziele standen außerdem Mallorca, Sankt Petersburg, die Krim und Ägypten. Noch vor ihrer Pensionierung war sie in der FAZ auf die Anzeige eines Reiseveranstalters gestoßen, der »Bildungsurlaube auf gehobenem Niveau« anbot und damit den Vorstellungen meiner Tante entsprach. Schon beim Blättern im Katalog des Reiseveranstalters wirkte sie kindlich vergnügt. Der Katalog lag nicht zwischen den Zeitungsstößen in ihrem Wohnzimmer, sie verwahrte ihn wie einen heimlichen Schatz im Nachtkästchen neben ihrem Bett und genoss es, vor dem Einschlafen die Bilder zu betrachten.

Ein einziges Mal fragte sie, ob ich nicht Lust hätte, sie auf einer Reise zu begleiten. Es klang keineswegs so, als würde ich ihr mit meiner Gesellschaft einen Gefallen erweisen. Es klang vielmehr, als fühle sie sich dazu verpflichtet, mich einzuladen, nachdem sie mir beim gemeinsamen Herumblättern im Katalog den Mund wässrig gemacht hatte.

Wie sie vieles für sich behielt, so sparte sie auch, wenn sie mir von ihren Reisen erzählte, das Intime und ganz Persönliche aus. Sie rief mich auch nicht sofort nach ihrer Rückkehr an, sondern immer erst mehrere Tage später. Sie schilderte die Ausstattung ihrer Hotelzimmer und die kuriose Konstruktion südländischer Duschen, die keinen Vorhang besaßen und deren Wasser sich von der Decke über das gesamte Badezimmer ergoss. »Isch hab jo nix gege annere Kulture, aber die Handtücher all mitdusche is net grad Sinn der Sach.« Sie malte den Domplatz in Syrakus aus und die Eleganz der Sizilianer, die sich am Sonntagmorgen in den Cafés rund um den Platz auf einen Aperitif trafen. Wenn ich den Telefonhörer auflegte, kannte ich die Strecke, die der Reisebus abgefahren war, und das Besichtigungsprogramm der Reisetage. Ich wusste, welche Gerichte Tante Martl auf den Speisekarten ausgewählt und kennengelernt hatte. Ob sie allein oder mit anderen am Tisch saß, das jedoch wusste ich nicht. Die Reisegruppen setzten sich in der Regel aus älteren Ehepaaren zusammen. Nie ließ Martl anklingen, sich zwischen ihnen als Außenseiterin zu fühlen. Vielleicht übertrieb ich es auch mit meiner Rücksichtnahme und der Angst, den wunden Punkt zu berühren. »Gehst du eigentlich im Meer schwimmen?«, fragte ich Tante Martl einmal. Ihrem Schweigen hörte ich Entrüstung an, die ich allerdings falsch deutete. »Was denkscht denn du?«, erwiderte sie scharf. »Wieso soll isch denn net im Meer schwimme? Soll ich davor stehe bleibe und Trockeübunge mache? Das is doch herrlisch, im Meer schwimme, gleich morchens vorm Frühstück!« Ihren Badeanzug bekam ich jedoch nicht zu sehen. Indem sie mir das Bild dieses Requisits vorenthielt, wollte sie vermutlich verhindern, dass ich in der Fantasie ihrem bis auf den Badeanzug entblößten Körper nahekäme. Nur über ein persönliches und rätselhaftes Ereignis, das sich aber erst nach der Reise als solches offenbarte, sprachen wir lange und ausführlich.

Eine Kreuzfahrt zum Nordkap sollte der krönende Abschluss ihrer Touren werden. Zuerst Sankt Petersburg, dann die Krim und Ägypten und schließlich ans nördliche Ende des Kontinents. Dies war ihr Programm für die kommenden Jahre, das der Brustkrebs, an dem meine Tante zwei Jahre nach ihrer Pensionierung erkrankte, durcheinanderbrachte. Natürlich spielte sie ihr Leiden schon deshalb herunter, weil die schwesterliche Rollenverteilung es ihr abverlangte. Aber in Wahrheit war sie verunsichert. Auch sie, die Unverwüstliche, die in fünfundvierzig Jahren Schuldienst an keinem einzigen Unterrichtstag gefehlt hatte, erwies sich als gesundheitlich angreifbar und sah sich gezwungen, ihre körperliche Verfassung und das Verrinnen der Lebenszeit in ihre Pläne einbeziehen. Damit hatte sie nicht gerechnet.

Sie galt als geheilt, aber der Krebs konnte wiederkehren. Ich drang auf sie ein, den Nordkap-Traum so schnell wie möglich zu verwirklichen, und ich drohte Bärbl und Rosa: Sollten sie versuchen, Martl die Reise auszureden und ihr einzuimpfen, in ihrem Zustand sei ein solches Abenteuer viel zu riskant und sowieso verrückt, würde ich kein Wort mehr mit ihnen reden. Sogar meine Mutter nahm die Drohung ernst. In ihrem Dasein, das sich längst auf die Beschäftigung mit den Medikamentenbergen in ihrem Schlafzimmer verengt hatte, fehlte ihr auch die Vorstellungskraft für eine Aktivität namens Nordkap-

Reise. Sie war nicht mehr neidisch auf Martls Unternehmungen, schon gar nicht auf eine, die in unbegreifliche Wildnis führte. Sie war neidisch auf Menschen, die sich morgens vornahmen, am Nachmittag im Wald spazieren zu gehen, und es auch machten.

Meine Tante buchte bei dem norwegischen Tourismusunternehmen Hurtigruten die klassische Postschifftour zum Nordkap. Ich weiß die Etappen bis heute auswendig: von Bergen aus an den Lofoten vorbei nach Hammerfest, Richtung Norden weiter zum Nordkap, dann noch ein Stück östlich nach Kirkenes und wieder zurück. Sie kaufte sich eine gefütterte Windjacke mit einer Kapuze, die sich unter dem Kinn zuschnüren ließ, außerdem Leggings, die sie gegen die Kälte unter ihre Stoffhosen ziehen konnte, und eine Sonnenbrille mit seitlichen Klappen, die den arktischen Wind von den Augen abhalten sollten. Ihre Vorfreude war so groß, dass sie ihr Prinzip, mich möglichst selten zu stören, außer Acht ließ und nach jedem der Einkäufe jubelnd bei mir anrief. Im Juni 1993 fuhr meine Tante mit dem Zug nach Frankfurt und traf dort auf die deutsche Reisegruppe, mit der sie nach Bergen flog. Die Reise dauerte vierzehn Tage.

Sobald ich morgens aufwachte, stellte ich mir vor, wie Tante Martl in ihrer Windjacke auf dem Oberdeck des Schiffes stünde, ins Meer gestreute Felsblöcke, steil aufragende Küsten und kleine rote Häuser vorbeiziehen sähe und dem Polarkreis entgegenfieberte. Auf ihn freute sie sich am meisten. Ich verstand nicht richtig, warum.

Der Polarkreis, hatte ich eingewandt, ist doch bloß eine abstrakte geografische Linie, kein Naturschauspiel, da gibt es nichts zu sehen. Erst nach ihrem Tod wurde mir die Bedeutung bewusst, die der Polarkreis für meine Tante ganz persönlich besaß. Beim Sortieren ihrer Papiere stieß ich auf die Reisebroschüre von Hurtigruten. Auf einem Blatt waren die Stationen der Kreuzfahrt tabellarisch aufgelistet. Tante Martl war folglich am 16. Juni 1993 am Polarkreis angelangt. Das Datum hatte sie mit Bleistift eingekreist und daneben den Buchstaben »G.« geschrieben. Sie unternahm die Reise im Juni, um die hellen Nordnächte zu erleben. Aber es ist auch ihr Geburtsmonat, sie kam am 16. Juni 1925 zur Welt. Auf dem Schiff ließ sie den Tag ihrer Geburt buchstäblich hinter sich.

Im August nach der Reise besuchte ich sie. Sie holte mich am Bahnhof ab, kam mir beschwingt entgegen und verkündete, am Abend mit mir in das kleine, von dem Sorgenehepaar geführte Restaurant essen gehen zu wollen. Normalerweise besuchten wir es nur mittags. Sie war erfreut, dass ich ihrer Empfehlung folgte, ein Fischgericht zu wählen, das sich auf der Speisekarte »Lachseintopf« nannte. Wir lästerten ein wenig über die Zubereitung von Fisch in der pfälzischen Küche. Wie frischer Lachs schmecke, das habe sie morgens um sieben an einer Hafenbude in Hammerfest erfahren. »Morchens um siebe so e frischer Lachs! Kind, des isch was Herrlisches.« Sie wirkte noch ganz eingehüllt in ihre Reiseerinnerungen, aber etwas stimmte nicht. Je länger wir uns unterhielten, desto schriller klang ihre Stimme, was gewöhnlich darauf hindeutete, dass sie über eine Enttäuschung, ein Problem oder eine Beunruhigung hinwegredete. So war es auch. Aber was sie umtrieb, erfuhr ich erst am nächsten Tag.

Wir saßen auf der Couch, und meine Tante spannte ihre Hand um meinen Unterarm, wie sie es immer machte, wenn es etwas Wichtiges zu besprechen gab. Ich dachte an die letzte Krebsnachuntersuchung, die ihr noch bevorstand. Sie stand auf und holte vom Bücherregal einen großen weißen Briefumschlag, den sie kommentarlos vor mir auf den Couchtisch legte. Auf der Vorderseite erkannte ich die norwegische Absenderadresse und das Firmenlogo von Hurtigruten. Ich zog ein Schreiben heraus, in dem sich der Reiseveranstalter für die Teilnahme meiner Tante bei der Kreuzfahrt bedankte und für weitere Buchungen warb, und ein Hochglanzfoto im DIN-A3-Format, offensichtlich ein Abschiedspräsent von Hurtigruten.

Es zeigte das Besucherplateau des Nordkaps. In der Mitte erhob sich das Nordkap-Denkmal, ein gigantischer, aus Stahlringen geformter Globus. Im Hintergrund streckte sich das dunkle Nordpolarmeer bis zum Horizont, der gesamte Himmel leuchtete flammenrot. Ich hatte noch nie eine solche Farbgewalt der Natur gesehen, von ihrem Weltuntergangseffekt ging fast etwas Erschreckendes aus. Meine Tante schaute mich von der Seite an und schwieg. Dann tippte sie mit dem Finger auf eine Menschenreihe am Fuß des Globus. »Ist das deine Gruppe?«, fragte ich. Sie nickte. Mit ihrer wetterfesten Wanderkleidung ähnelten sich die Reiseteilnehmer, sie schienen auch das gleiche Alter zu haben. Augenscheinlich handelte es sich durchweg um Senioren, die sich wie meine Tante die Nordkap-Tour zeitlich und finanziell leisten konnten. Nur war sie auf dem Foto nicht zu sehen. Sie stand nicht in der Reihe. Dies war das Rätsel, an dem wir stundenlang herumknackten, ohne es lösen zu können.

Sie erinnerte sich genau an den Moment, in dem das Foto aufgenommen worden war. Sie memorierte ihn wieder und wieder. Ihre Gruppe war auf dem Plateau angelangt und hatte sich dort zunächst verstreut. Dann hatte der Reiseleiter alle zusammengetrommelt und aufgefordert, sich nebeneinander auf der untersten der Stufen zu postieren, die zum Globus hinaufführen. Sie habe, beteuerte meine Tante, nicht am Ende der Reihe gestanden, sondern als dritte von links neben einem Ehepaar aus Wiesbaden. Aber neben den zwei Wiesbadenern war nicht meine Tante zu sehen, sondern ein korpulenter Mann, den sie für einen Bayern hielt, obwohl sie auf der Reise kaum mit ihm gesprochen hatte. War es möglich, dass er sie mit seiner Körperfülle verdeckte? Wir studierten das Foto mit einer Lupe. Zwischen der Frau aus Wiesbaden und dem vermeintlichen Bayern war nicht der kleinste Zipfel von meiner Tante zu entdecken, kein Fuß zwischen den Füßen der anderen, kein Ausschnitt ihrer Hose oder ihres Anoraks, einfach nichts. Der Reisegruppe hatten siebzehn Personen angehört, acht Paare und meine

Tante. Wir zählten die Reihe durch, wir kamen auf sechzehn, sooft wir auch zählten. Wir erörterten jede denkbare Ursache für das mysteriöse Fehlen meiner Tante auf dem Foto.

Hatte der Reiseleiter vielleicht mehrere Bilder geschossen und Hurtigruten ihr zufällig eines geschickt, bei dessen Aufnahme sie noch auf dem Plateau herumging? Nein, sie hatte sich bereits am Globus eingefunden, als der Reiseleiter noch damit beschäftigt war, das Stativ aufzustellen. Und er hatte, das wusste sie genau, von einer Liste alle siebzehn Namen abgelesen, bevor er fotografierte. Wer seinen Namen hörte, hatte die Hand gehoben. Sie stand von der Couch auf und ging um den Tisch herum, um mir zu demonstrieren, wie sie neben dem Wiesbadener Ehepaar ihre Hand gehoben hatte. Konnte es sich um eine Kapriole der Technik handeln? Um eine Art schwarzes Loch im Fotomaterial, das meine Tante verschluckt hatte? Oder war sie wieder einmal, wie auf etlichen Familienfotos, im letzten Moment hinter die anderen gehuscht? Wir blätterten in alten Fotoalben und fanden schnell Bilder, auf denen von Tante Martl tatsächlich nur ein Haarschopf oder ein Arm zu sehen sind, aber immerhin das.

Es gab keine Erklärung außer einer, die ins Unheimliche führte, und ebendies beunruhigte meine Tante. Sie war, wenn man von ihrem zwanghaften Schwesternneid absah, ein recht rationaler Mensch. Aber von dem Foto, das sie nicht abbildete, obwohl sie nicht den geringsten Zweifel daran hatte, vor der Kamera gestanden zu haben, als der Auslöser klickte, ging etwas Irrationales aus, dessen Ursprung sie nun anscheinend bei sich selbst suchte. Als ich am nächsten Morgen aufstand und das Gästezimmer verließ, sah ich Tante Martl in seltsamer Kostümierung vor dem großen Spiegel im Entree stehen. Sie trug noch ihr Nachthemd, darüber aber die Windjacke der Reise, sie hatte sich sogar die Kapuze über den Kopf gezogen und unter dem Kinn zugeschnürt.

Solche Verkleidungsauftritte kannte ich nur von meiner Mutter. Es kam vor, dass sie plötzlich, nachdem sie eine Woche lang kaum das Bett verlassen hatte, im bodenlangen Abendkleid und in vornehmer Haltung im Wohnzimmer erschien, wo mein Vater und ich gerade Fernsehnachrichten schauten, und unseren Beifall erwartete. Es waren tragische Szenen der Selbstillusion. Zu Martl passten sie nicht. Immer musste ich sie lange überreden, bis sie bereit war, sich mir in neu erworbenen Kleidungsstücken zu zeigen. Bei dem Hosenanzug von Bogner hatte sie sich zwei Tage geziert. Sie stand nicht vor dem Spiegel, um ihren Anblick als Nordkap-Touristin zu genießen. Sie stand dort, so schien es mir, um sich zu vergewissern, dass sie als Nordkap-Touristin real gewesen war.

Ihr Mangel an weiblicher Eitelkeit machte mich oft ungeduldig. Ich hielt ihn für eine vermurkste Form von Koketterie. »Ach Gott, mich sieht ja sowieso keener«, lautete eine ihrer notorischen Redewendungen. Ich bekam sie zu hören, wenn ich ihr vorschlug, wenigstens Lippenstift aufzutragen, bevor wir ins Restaurant gingen oder einen Ausflug machten. Wimperntusche, Rouge, Augenbrauenstift hatte sie erst gar nicht im Haus, von Nagellack ganz zu schweigen. Manchmal malte sie sich tatsächlich ein wenig Rot auf die Lippen, wischte es aber eine Minute später wieder weg. Ich schaute sie kopfschüttelnd an und hörte wieder: »Mich sieht ja sowieso keener.« Ich hatte den Satz nie ganz ernst genommen. Er zählte für mich zu den Floskeln, mit denen Tante Martl nichts anderes bezweckte, als den Gegensatz zwischen ihrem und Rosas Wesen zu unterstreichen, die bekanntlich sehr gern gesehen wurde und als junge Frau wusste, wie man Blicke auf sich zog.

Als ich meine Tante vor dem Spiegel stehen sah, überlegte ich, ob sie insgeheim damit rechnete, die Unauffälligkeit ihrer Person, von der sie fest überzeugt war, könne sich zu Unsichtbarkeit steigern. Der Gedanke kam mir absurd vor. Gleichzeitig fielen mir Situationen ein, in denen sie sich tatsächlich so verhalten hatte, als befürchtete sie, eine Geistererscheinung zu sein, die von anderen nicht wahrgenommen wird. Ging der Ministrant während des Gottesdienstes mit dem Klingelbeutel durch die Kirchenbänke, wedelte Tante Martl nervös mit der Hand, in der sie ein Geldstück bereithielt, damit er sie ja bemerke. Schenkte meine Großmutter am Wohnzimmertisch reihum Kaffee aus, verfolgte Martl den Vorgang mit ängstlicher Erregung. Natürlich bekam sie Kaffee, wie ihre Schwestern und Schwager auch. Aber sie schien anzunehmen, Klingelbeutel und Kaffeekanne könnten sie überspringen, so, als sei sie gar nicht anwesend.

MEINE TANTE SCHAUTE gerne Fernsehen, aber nicht wahllos. Sie schaute zu bestimmten Uhrzeiten bestimmte Sendungen, mit denen sie sich gleichsam verabredete. Nach dem Frühstück schaltete sie den Fernseher ein und machte die Übungen einer Gymnastiksendung für Senioren mit. Danach schaltete sie ihn aus und um siebzehn Uhr für die Nachrichten wieder an. Nie ließ sie den Fernseher als Hintergrundgeräusch laufen, um sich mit den Stimmen aus dem Gerät Gesellschaft zu simulieren, während sie in der Küche arbeitete oder ihr Schlafzimmer aufräumte. Genauso wenig kam es für meine Tante infrage, sich mit dem Mittagessen oder dem Abendessen vor den Fernseher zu setzen. Nur für den Kaffee am Nachmittag galt diese Regel nicht. Wie ihr Fernsehkonsum folgte auch ihre Programmauswahl festen Prinzipien, die ich als Seriosität und moralische Mäßigung bezeichnen würde. Sie mochte weder lauten Streit zwischen Politikern noch Kraftausdrücke in Spielfilmen. Es machte ihr großen Spaß, bei Krimis zu erraten, wer der Mörder war. Da sie aber weder brutal zugerichtete Leichen sehen noch Dialoge zwischen Kommissaren hören wollte, die in jedem fünften Satz das Wort »Scheiße« verwenden, was bei Abendkrimis zu befürchten war, beschränkte sie sich auf Krimis, die im Vorabendprogramm liefen. Privatsender ignorierte sie grundsätzlich, mit einer Ausnahme: dem Wissensquiz »Wer wird Millionär?« mit Günther Jauch auf RTL. Oft wusste sie mehr als die Kandidaten und sagte befriedigt »jetz bin isch bei 64 000 Euro und hab noch alle Joker.«

Ihr Favorit aber war der Küchenmeister Vincent Klink. Wenn er in einer Kochsendung erschien, stieß sie einen langen Freudenseufzer aus, das Pendant zum Sorgenstöhnen, der sich von diesem lediglich durch die Klangfärbung unterschied. Vincent Klink vereinigte alle Eigenschaften, die meine Tante an Menschen schätzte: Vertrauenswürdigkeit, noble Bescheidenheit und eine gewisse Gemütlichkeit des Wesens. Vincent Klink zuliebe experimentierte sie mit Gerichten, die ihrem Verständnis von traditioneller Hausmannskost eigentlich widersprachen. Nach einem seiner Rezeptvorschläge panierte sie eines Tages sogar mehrere Scheiben Knollensellerie und briet sie in der Pfanne. Meine Tante hielt nichts von vegetarischer Ernährung. Ihrer Meinung nach zählte sie zu den Überspanntheiten, mit denen sich eingebildete Leute über das einfache Volk zu erheben suchen. Für Vincent Klink machte sie eine Ausnahme und bereitete sich ein fleischloses Schnitzel zu.

Sie kniff missbilligend die Augen zusammen, wenn Prominente in Talkshows ihr Herz ausschütteten, von Alkoholabhängigkeit, Kindheitstraumata oder Ehescheidungen berichteten. »Tja«, sagte ich, »der Beichtstuhl ist eben ins Fernsehen gewandert«, die ganze TV-Unterhaltung bediene sich mittlerweile bei religiösen Formen, auf jedem Kanal würde von sogenannten Juroren, die über singende, tanzende und modelnde Casting-Kandidaten urteilten, das Jüngste Gericht nachgespielt. Meine Behauptung, ihre Lieblingssendung sei letzten Endes auch nichts anderes, fand Tante Martl irrwitzig. Sie hatte natürlich recht, »Gold und Glitter« ist schon deshalb harmlos, weil die Beurteilungen, die in der Sendung vorgenommen werden, nicht die Talente von Menschen betreffen, sondern den Wert der Antiquitäten, die sie mitbringen. »Gold und Glitter« wird von dem Regionalsender ausgestrahlt, in dessen Programm sich meine Tante zu Hause fühlte. Nicht, weil sie sich nur für ihre Heimat interessiert und den Rest der Welt ignoriert hätte. Sie wusste, welche Staatsämter Winston Churchill wann innegehabt hatte, und kannte sich in den militärischen Verwicklungen der Kubakrise besser aus als ich. Aber sie vertraute darauf, beim Sender des Bundeslandes, in dem sie lebte, ihre persönliche Geisteshaltung wiederzufinden, was auf »Gold und Glitter« zutraf.

Im Alter von fünfundsiebzig Jahren kam meine Tante auf die Idee, sich als Gast der Sendung zu bewerben. In diesen Plan weihte sie mich allerdings erst ein, nachdem sie einen Anruf von der Assistentin der Produktionsfirma erhalten und erfahren hatte, dass sie als Gast in Betracht kam. Vier Monate lang war der Brief, den sie an die Postadresse geschickt hatte, die am Ende jeder Folge eingeblendet wurde, unbeantwortet geblieben. Nun ging alles holterdiepolter. Die Assistentin plauderte ein wenig mit meiner Tante, vermutlich um zu prüfen, ob sie in der Lage war, sich in unerwarteten Situationen geistesgegenwärtig zu verhalten, folglich auch vor einer Fernsehkamera die Nerven zu behalten. Dann kündigte sie den Besuch eines Teams an, das bereits in der nächsten Woche zu ihr kommen werde, um ein paar Szenen für den Vorfilm des eigentlichen Auftritts in der Sendung zu drehen. Er sollte die Gäste in ihrem privaten Ambiente präsentieren.

Ich hatte die Antiquitätenshow schon oft an Sonntagnachmittagen bei Kaffee und belegten Schnittchen mit Tante Martl angeschaut und den Reiz ihrer verhaltenen Spannung schätzen gelernt. Nach dem kurzen Vorfilm erscheinen die jeweiligen Teilnehmer, pro Folge etwa ein halbes Dutzend, am eigentlichen Schauplatz der Sendung, mal ist es ein Museum, mal der Saal eines alten Schlosses oder das Refektorium eines Klosters. Hinter einem Tisch stehen ein Kunsthistoriker und ein Kunstmarktexperte. »Was haben Sie uns denn da Schönes mitgebracht?«, begrüßen sie die Besitzer der Vasen, Kerzenleuchter, Porzellanschüsseln, Bilder, Schmuckstücke und Spielzeuge, die mit ihren Kostbarkeiten an den Tisch herantreten. Dann entspinnt sich zwischen den zwei Sachverständigen ein für Laien gut verständlicher Dialog, an dessen Ende feststeht, welcher Kunstepoche die präsentierten Objekte entstammen und welcher Preis für sie im Handel zu erzielen wäre.

Einmal saß im Vorfilm ein älterer Herr in der Bibliothek seiner Villa. Während er sprach, nippte er mit der souveränen Gelassenheit eines Menschen, der es gewöhnt ist, vom Fernsehen interviewt zu werden, an einer Teetasse. Im nächsten Bild schritt er auf den Expertentisch zu. Er öffnete ein kleines Kästchen und entnahm ihm eine aus Elfenbein geformte, einen halben Finger große Maus.

Ihre Äuglein waren aus winzigen Rubinen, ihr Gesicht hatte einen auffallend missmutigen Ausdruck. »Da haben Sie uns ja was ganz Putziges mitgebracht«, sagte der Kunsthistoriker. Das Wort »putzig«, angewandt auf sein Kleinod, schien den Herrn zu verstimmen. Was man hier sähe, konstatierte er mit Nachdruck, sei eine originale Fabergé-Maus, über hundert Jahre alt. Er wolle nur ihren derzeitigen Marktpreis erfahren. Der Kunsthistoriker legte die Maus auf seine Handfläche, betrachtete sie von allen Seiten und gab sie an den Kunstmarktkenner weiter. Mehrmals wanderte die Maus zwischen ihnen hin und her. Sie wirkten wie ein Ärzteteam, das sich nicht einigen kann, wer dem Patienten die schlimme Diagnose überbringt. Die Maus, erklärte der Kunsthistoriker schließlich, sei tatsächlich aus dem 19. Jahrhundert und mit großer Wahrscheinlichkeit in Sankt Petersburg hergestellt. Leider jedoch nicht in der Werkstatt des berühmtesten Juweliers der Zarenzeit, Peter Carl Fabergé. Es handele sich um eine Fälschung, wenn auch eine brillant gemachte. Der Mausbesitzer hatte erkennbar Mühe, die Fassung zu bewahren. Er riss dem Kunsthistoriker das Elfenbeintierchen aus der Hand und deutete mit dem Zeigefinger auf das Signet an der Unterseite des winzigen Sockels, auf dem die Maus kauerte und mit feindseliger Miene ihrer Entlarvung entgegensah. »Hier«, rief er resolut, »da steht es doch: Fabergé!« Für die gedämpfte Stimmung, die bei »Gold und Glitter« herrscht, kam die Szene fast einem Eklat gleich.

An einem Sonntag erlebten wir, wie ein Ehepaar binnen Minuten zu Millionären wurde. Sie hatten von Kunst keine Ahnung. Das gaben sie im Vorfilm freimütig zu. Nach dem Tod des Vaters der Ehefrau hatten sie seinen Dachboden entrümpelt und dabei ein Gemälde entdeckt. Es zeigte eine Landschaft, deren Wechsel von Kratern und sanft gewölbten Hügeln mich an die Mondoberfläche erinnerte. Im Vordergrund jagte eine Reitergruppe durch das Bild, nun stand es auf einer Staffelei vor dem Tisch der zwei Experten. Diesmal ähnelten sie Ärzten, die Eltern darüber unterrichten, dass sie ein Wunderkind zur Welt gebracht haben, dessen überdurchschnittliche Intelligenz nur durch das Erlernen von Japanisch und Chinesisch zu entlasten sei. Sie verzichteten auch auf die Begrüßungsformel »Was haben Sie uns denn da Schönes mitgebracht?«, sondern fragten als Erstes, wie das Ehepaar das Bild denn hertransportiert habe. »Na, im Kofferraum«, antwortete der Mann. Der Kunsthistoriker erbleichte und sagte langsam: »Das ist aber mal eine echte Sensation.«

Er meinte nicht die Lagerung des Bildes zwischen Getränkekästen und Notfallbox im Kofferraum eines Pkw, sondern den Erschaffer des Werks, bei dem es sich um den mexikanischen Maler José María Velasco handelte. Als der Kunsthistoriker mit einem leichten Beben in der Stimme den Namen aussprach, fuhr die Kamera zur rechten unteren Ecke der Leinwand und zeigte in Nahaufnahme den Schriftzug der Signatur. Daneben stand die Jahreszahl 1884. Tante Martl und ich hielten auf der

Wohnzimmercouch die Luft an. Dieser José María Velasco, führte der Kunsthistoriker aus, sei einer der ganz Großen der mexikanischen Malerei, wenn nicht der Größte. In seinem Land werde er wie ein Heiliger verehrt. Ein Bild aus der gleichen Schaffensperiode und mit dem gleichen Motiv hänge im Hauptsaal des Nationalmuseums von Mexiko City. Für reiche Mexikaner sei der Erwerb eines Velascos ein Lebenstraum, weltweit suchten sie nach verkäuflichen Exemplaren. »Dafür bekommen Sie in New York bei Christie's oder bei Sotheby's problemlos eine Million Dollar.«

Meine Tante schlug die Hände vors Gesicht und jaulte auf vor Freude. Wie sie dazu neigte, sich die Sorgen von Menschen zu eigen zu machen, die sie persönlich gar nicht betrafen, so besaß sie auch die Großherzigkeit, sich für das Glück Unbekannter so freuen zu können, als sei es ihr selbst widerfahren. Sie freute sich, als sie hörte, dass eine Freundin von mir nach langem Hoffen schwanger geworden war, sie freute sich für Steffi Graf über deren anscheinend gelingende Ehe mit dem Tennischampion Andre Agassi. Die Besitzer des mexikanischen Millionenwerkes wirkten eher geschockt. Mit dem plötzlichen Reichtum kamen auch unvorhergesehene Probleme auf sie zu. Schon der Heimtransport des wertvollen Bildes, der ihnen bevorstand, ließ sie erzittern, erst recht die logistische Herausforderung, sich mit dem Bild unter dem Arm zu Christie's oder Sotheby's in New York durchzuschlagen. »Und bitte, unternehmen Sie dringend etwas mit der Versicherung!«, rief der Kunsthistoriker ihnen hinterher, als sie die Staffelei mit dem Bild darauf vom Tisch wegschoben.

DER BEWERBUNG MEINER TANTE bei »Gold und Glitter« stand zunächst ein substanzielles Problem im Weg: In ihrem Haushalt gab es schlichtweg nichts, was einer kunsthistorischen Analyse wert gewesen wäre. Sie besaß ein paar schöne Schmuckstücke und Vasen, aber als antiquarisch konnten sie nicht gelten. Der Seltenheitswert des Service aus Meissener Porzellan, das sie in den Siebzigerjahren gekauft hatte, lag ebenfalls bei null. So ging es zweifellos auch anderen Fans der Sendung, die den Wunsch hegten, selbst einmal in ihr aufzutreten, sich den Gegenstand, der sie dafür qualifizierte, jedoch erst noch besorgen mussten.

In einer Folge postierte sich eine fünfköpfige Familie vor dem Tisch, Großmutter, Eltern und zwei Kinder, eines davon ein pummeliger Junge. Offensichtlich war er die treibende Kraft des Fernsehauftritts. Mit dem seligen Blick eines Geburtstagskindes, das vor seinen Geschenken steht, überreichte er den Experten eine handtellergroße Indianerpuppe, von deren schwarzen Haaren nur noch ein paar zerrupfte Büschel vom Kopf herunterhingen. Soweit ich es von der Wohnzimmercouch aus erkennen konnte, hatte der kleine Indianer schon vor längerer Zeit die Bekanntschaft mit Motten gemacht. »Na«, sagte der Kunsthistoriker, »da hast du uns ja was Hübsches mitgebracht und Oma, Mama und Papa gleich mit.« Zwar reiche das Alter der Puppe mutmaßlich bis zur Weimarer Republik zurück, aber ihr ramponierter Zustand schwäche ihren Marktwert doch erheblich. Der Kunsthistoriker schätzte ihn auf sechzig bis achtzig Euro. Die Familie, die meiner Ansicht nach nur eingeladen worden war, um der Nachmittagssendung einen kinderfreundlichen Anstrich zu geben, hatte auf dem Flohmarkt hundert Euro für die Indianerpuppe bezahlt. Als Eintrittsgeld ins Fernsehen erschien mir das preiswert, zwanzig Euro pro Person.

Die einzigen Menschen, die meine Tante von Beginn an in ihren Plan einweihte, waren die befreundete Lehrerkollegin und deren gelehrter Bruder. Sie ging davon aus, dass sich im musealen Tohuwabohu ihrer Wohnung die eine oder andere Kostbarkeit versteckt halte. Obwohl die Geschwister noch nie ein Fernsehgerät besessen hatten und über Fernsehsendungen nicht das Geringste wussten, fingen sie an Martls Idee sofort Feuer. Vor allem der Bruder zeigte sich begeistert. Damit die beiden verstanden, worum es in »Gold und Glitter« überhaupt ging, lud Tante Martl das Geschwisterpaar an einem Sonntag zum Fernsehschauen zu sich ein. Anschließend begann die Suche nach einer Leihgabe, mit der sich meine Tante bei »Gold und Glitter« bewerben sollte.

Tante Martl sprach nicht gern auf Anrufbeantworter. Wenn sie sich trotzdem dazu überwand, sagte sie höchstens »Hallo?«, wartete eine Weile und legte auf. Schon deshalb war ich alarmiert, als ich an einem Nachmittag nach Hause kam und meinen Anrufbeantworter abhörte. »Hier is die Tante. Ruf mich bitte schnell an. Es is was Wischtisches.« Die fordernde Eindringlichkeit in ihrer Stimme ließ mich etwas Schlimmes befürchten, einen Unfall oder einen Einbruch ins Haus, und ich rief sofort zurück. »Ursi! Es wird Ernscht, isch bin inngelade. Nächscht Woch komme se und drehe e Film. Do im Haus.« Ich hatte keine Ahnung, wovon sie redete. Wie bei den Anrufen, die meine Tante mit einem langen Stöhnen einleitete, um sofort danach meinen Kommentar zu einem Ereignis zu erwarten, das sie mir gar nicht mitgeteilt hatte, schien sie auch diesmal anzunehmen, ich wisse Bescheid, um was es ging. »Tante, wo bist du denn eingeladen?«, fragte ich vorsichtig. »Na in ›Gold und Glitter‹! Als Gascht. Isch hab mich doch beworbe. Und grad heut am Vormittag hat mich die Frau von der Produktionsfirma angeruf. Isch bin genomme.«

Ich überlegte, ob mit dem Verstand meiner Tante etwas nicht in Ordnung war. Möglicherweise hatte sie in ihrem ewigen Alleinsein begonnen, die Realität mit dem, was sie auf dem Fernsehbildschirm sah, durcheinanderzubringen. Dann aber wiederholte sie das Telefongespräch mit der Assistentin der Produktionsfirma Satz für Satz, und es gab keinen Grund, seine Richtigkeit zu bezweifeln. In das Spektrum der Gäste von »Gold und Glitter«, meist etwas biedere Vertreter der Mittelschicht höheren Alters, passte Tante Martl durchaus. Ich hätte nur niemals vermutet, dass sie sich selbst in die Sendung hineinfantasierte, obwohl es bei Licht betrachtet keineswegs abwegig war. Warum nicht meine Tante? Wäre sie nicht meine Tante gewesen, eine mir seit meiner Kindheit vertraute Anverwandte, hätte ich mich kein bisschen gewundert. Die Zahl der Menschen, die irgendwann ins Fernsehen kommen, und sei es für zwanzig Sekunden, weil sie auf der Straße von einem Reporter angehalten und nach ihrer Meinung zum Tempolimit oder zum angemessenen Wert von Weihnachtsgeschenken gefragt worden sind, muss längst in die Hunderttausende gehen. Tante Martl, auch das begriff ich langsam, wusste, worauf sie sich einließ. Sie hatte nicht aus einer Momentlaune heraus an die Sendung geschrieben, sie hatte es sich gründlich überlegt, das Pro und Contra abgewogen, mehrere schlaflose Nächte verbracht, bis der Siedepunkt erreicht war und sie sich zurief: »Martl, das maschte jetzt! Du bist doch ke Feigling!« Die dringliche Nachricht auf meinem Anrufbeantworter hatte sie vor allem deshalb hinterlassen, weil die Realisierung der offenbar schon lange schlummernden Idee greifbar nah heranrückte, ja buchstäblich vor der Tür stand. Ihr blieb noch eine Woche bis zu den Dreharbeiten für den Vorfilm, die in ihrem Haus stattfinden sollten.

Nebenbei erfuhr ich nun auch, dass das Geschwisterpaar, das den Plan meiner Tante flankierte, einer Adelsfamilie entstammte, es aber vorzog, unter bürgerlichem Namen zu leben. Am Ende des Zweiten Weltkrieges waren sie mit ihren Eltern aus Ostpreußen in den Westen geflohen. Einen Bruchteil ihrer Wertsachen konnte die Familie bei der Flucht retten, unter anderem einen silbernen Suppenlöffel im Art déco-Stil. Nach vielen Jahrzehnten, die er in der Dunkelheit einer Küchenschublade verbracht hatte, sollte er nun ans Licht einer Fernsehkamera treten. Mit dem Löffel hatte es eine besondere Bewandtnis. Er hatte einst zum Tafelsilber des französischen Luxusdampfers »Normandie« gehört, der in den Dreißigerjahren zwischen Le Havre und New York verkehrte. Das von der Pariser Traditionsfirma Christofle entworfene Design des Essbestecks, das in den Speisesälen des Ozeanriesen aufgelegt wurde, war exklusiv. Nur auf der »Normandie« wurde mit Gabeln, Messern und Löffeln gespeist, die am oberen Stielende eine unverkennbare Gravur besaßen, eine in mehreren Rechtecken in sich kreisende schneckenförmige Linie. Schwerer als der materielle wog jedoch der Symbolwert der Besteckteile. Sie waren Zeugen einer historischen Tragödie. Nach dem Ausbruch des Zweiten Weltkriegs wurde die »Normandie« von der US-Regierung beschlagnahmt, lag fast zwei Jahre im Hafen vor Manhattan fest und wartete auf ihren Umbau zum amerikanischen Truppentransporter. Dazu kam es nicht. Am 9. Februar 1942 brach im Hauptsalon des Schiffes ein Brand aus, der es restlos zerstörte. Die »Normandie« wurde 1946 verschrottet, ihre wertvollen Einrichtungsgegenstände, darunter das Tafelsilber mit der Schneckengravur, verteilten sich über die Welt und wurden zu begehrten Sammlerstücken.

Der Löffel, mit dem sich meine Tante bei »Gold und Glitter« bewarb, hatte das Schiff allerdings schon zu einer Zeit verlassen, als sich dieses noch unbeschadet über den Atlantik schob und als Bühne rauschender Feste diente. Nicht wenige Passagiere betrachteten das Tafelsilber als ein im Preis der teuren Passage inbegriffenes Souvenir, so auch die Eltern der Geschwister. Im August 1937 hatten sie in Le Havre auf der »Normandie« eingecheckt, vier Tage später waren sie in New York mit einem Löffel im Gepäck die Reling hinuntergegangen, bei dem es sich streng genommen um Diebesgut handelte. Dieser Aspekt bereitete meiner Tante kein Kopfzerbrechen. Sie hatte den Löffel so wenig gestohlen wie seine Erben. Wer, wenn nicht diese, sollten die rechtmäßigen Besitzer des Löffels sein? Die Firma Christofle so wenig wie irgendeine französische Reederei.

Ich gab ihr in diesem Punkt recht, wandte aber ein, sie würde bei »Gold und Glitter« wohl oder übel mit einem Bluff antreten. Abgesehen davon, dass sie den Löffel nur auslieh, kannte sie durch das Geschwisterpaar ja seine Geschichte. Sie wusste, von wem er hergestellt und an welchem, durch die Schneckengravur identifizierbarem Ort er verwendet worden war. Die kunsthistorische Expertise, derentwegen sich andere Teilnehmer bei »Gold und Glitter« melden, benötigte sie folglich nicht. Genau darin aber lag für den Bruder der Clou. Es reizte ihn, einen Kunstkritiker, der sich im Fernsehen als Koryphäe ausgab, herauszufordern und sein Wissen über Tafelsilber zu testen. Die Rolle des Prüflings hatte er zeitlebens vermieden, in die des heimlichen, gleichsam hinter der Front agierenden Prüfers zu schlüpfen, gefiel ihm hingegen sehr.

Meine Tante war eine miserable Lügnerin. Wenn sie eine Frage nicht wahrheitsgemäß beantworten wollte, verstummte sie lieber hinter einer grantigen Miene, anstatt sich herauszureden oder gar etwas zu erfinden. Dass sie kein Problem darin sah, bei »Gold und Glitter« eine Halbwahrheit darzubieten, verdankte sich wohl der Überlagerung dieses Umstands durch näherliegende Probleme, die der Entschluss, sich bei der Sendung zu bewerben, mit sich brachte. Sie musste einen Brief schreiben und ein Foto von dem Silberlöffel anfertigen, das sie dem Brief beilegte. Sie musste ihre gelegentlich aufkommenden Zweifel niederringen, ob sie der Fernsehsache überhaupt gewachsen war.

In der Woche vor den Dreharbeiten in ihrem Haus telefonierten wir häufiger denn je. Die Zahl der Ratschläge, die meine Tante von mir erbat, wuchs mit den Fragen, die der Besuch aufwarf. Mussten die Leute der Produktionsfirma beköstigt, gar bekocht werden? Waren, wie für Handwerker, die ihre Arbeit getan haben, ein paar Flaschen Bier kalt zu stellen? Sollte sie dekorative Blumensträuße in ihrer Wohnung verteilen? Oder eine solche Abweichung vom Alltäglichen gerade vermeiden? Würde das Team von allein begreifen, dass ihr Schlafzimmer tabu war, oder musste sie ein ausdrückliches Zutrittsverbot erteilen? Welche Kleidungsstücke sollte sie tragen?

Wäre das Wohnzimmer mit der Standuhr die vorteilhafteste Kulisse? Natürlich begrübelte sie das alles, weil sie auf dem Fernsehbildschirm einen guten, womit sie meinte, einen ordentlichen Eindruck machen wollte. Natürlich ging es ihr darum, gesehen zu werden. Aber noch viel mehr, so glaube ich, ging es ihr darum, sich einmal selbst zu sehen.

Wir hatten vereinbart, nach dem Abzug des Drehteams sofort zu telefonieren. Ich hielt es für möglich, dass meine vollkommen interviewungeübte Tante vor einer Filmkamera kein Wort herausbrächte. Nicht weniger unwahrscheinlich erschien es mir, dass sie das Tohuwabohu in ihren Räumen nicht ertrüge – sie war immerhin fünfundsiebzig Jahre alt und schon von meinen Logierbesuchen gelegentlich überfordert – und das Team unverrichteter Dinge wieder wegschickte. Womit ich nicht gerechnet hatte, war der lange Freudenseufzer, der aus dem Telefonhörer in mein Ohr drang. »Kind«, sagte sie, »des war heut a eschter Glückstach«.

Gegen Mittag hatte es an ihrer Haustür geklingelt. Als sie öffnete, stand sie drei nervösen Menschen im Studentenalter gegenüber, die sich vor Schüchternheit kaum über die Schwelle wagten. Meine Tante bedauerte sofort, meinem Ratschlag folgend, für die Besucher keine warme Mahlzeit vorbereitet zu haben. Sie beschloss, wenigstens ein paar belegte Brote herzurichten, Tomaten und saure Gurken aufzuschneiden. Während sie in der Küche hantierte, gingen die drei, die sie »des Mädsche und die zwee

Bube« nannte, zum Auto zurück, um die Gerätschaften für den Dreh zu holen. Der Anblick, wie die junge Frau in einer Hand die schwere Kamera und in der anderen einen Blechkoffer die Treppe heraufschleppte, versetzte meine Tante in den vertrauten Sorgenmodus, was unversehens ihr Selbstbewusstsein stärkte. Hatte sie während der vorangegangenen Woche noch die Invasion rücksichtsloser, das Haus mit Zigarettenqualm einräuchernder Fernsehzampanos befürchtet, so saß sie nun mit einem verlegenen Grüppchen am Küchentisch, das offensichtlich dankbar war, die Erfüllung seines Arbeitsauftrags noch ein wenig hinausschieben zu können.

Die drei waren Praktikanten, als Regisseur, Tonmann und Kamerafrau so unerfahren wie meine Tante als Protagonistin eines Films. Die gegenseitig eingestandene Befürchtung, jämmerlich zu versagen, verschweißte die vier Amateure zu einer einträchtigen, sich Mut zusprechenden Crew, die ein Schiff in den Hafen steuern muss, dessen Navigationstechnik für den einen so neu ist wie für den anderen. Vor allem aber erwachte in meiner Tante das Verantwortungsgefühl der Lehrerin. Sie war fest entschlossen, die Berufschancen der Anfänger nicht durch eigene Unbeholfenheit zu vermasseln, sondern alles zu tun, damit sie ein passables Produkt zustande brächten. Sie kannte die Vorfilme von »Gold und Glitter« ja zur Genüge. Sie rekapitulierte Szenen, die ihr besonders lebhaft und gelungen vorgekommen waren, und belieferte die drei nun mit Inszenierungsvorschlägen. Nachdem Kamera und Tontechnik aufgebaut waren, was über eine

Stunde dauerte, ließ sie sich als Erstes in der Dachbodenkammer filmen, wo noch die Betten standen, in denen die drei Schwestern in der Kindheit geschlafen hatten.

Ich kenne die Szene nicht, sie wurde im Fernsehen nicht gezeigt. Aber am Abend erzählte meine Tante mir am Telefon begeistert, wie sie vor der Filmkamera unaufgefordert den Staub von der Scheibe des kleinen schrägen Dachfensters gepustet habe, was doch perfekt zu einer Sendung passe, in der es um Antiquarisches ginge. Als Nächstes bot sie den Praktikanten sogar an, die Kulisse ihres allmorgendlichen Frühstücks einzurichten. Ausgiebiges Frühstücken sei für das Leben einer Pensionistin ja besonders typisch. Meine Tante drapierte Kaffeekanne, Brotkorb, Butter, Eierbecher und sogar ein Glas Marmelade auf dem Küchentisch, die sie in Wahrheit verschmähte und nur für Besucher im Haus hatte. Sie war sogar bereit, für die Filmaufnahmen ihren Morgenmantel anzuziehen. Schließlich zog das Drehteam ins Wohnzimmer meiner Tante, wo sie sich, nun nicht mehr im Morgenmantel, sondern in der Hose des Bogner-Anzuges und einer hellen gestreiften Bluse, neben die Standuhr stellte und deren ehrwürdiges Alter pries.

Der Tag war für meine Tante ein voller Erfolg. Die Frau, die sich blitzschnell wegdrehte, wenn Familienfotos aufgenommen wurden, hatte großes Vergnügen an ihrem Einsatz als Laiendarstellerin gefunden, die in die Rolle einer frühstückenden Pensionistin schlüpft, in ein mit Marmelade bestrichenes Brötchen beißt und die Kaffeetasse zum Mund führt. Das, frohlockte sie ins Telefon, habe man bei »Gold und Glitter« noch nicht gesehen. Die Chefs von »dem Mädsche und den zwee Bube« würden staunen, wenn sie die Szene zu sehen bekämen. Ich erinnerte meine Tante daran, dass die Vorfilme sehr kurz waren, ein oder höchstens zwei Minuten, und sicherlich nur ein kleiner Teil des Filmmaterials verwendet würde. Es dämpfte ihre Freude nicht, sie sah ihrem Auftritt in der Sendung optimistisch entgegen.

Wir waren uns einig, dass sie die Bogner-Hose und die gestreifte Bluse kein zweites Mal tragen würde, sondern nur das dunkelblaue Jackett des Anzugs und dazu eine beige Hose. In einem Telefonat lenkte ich das Gespräch vorsichtig auf ihre Frisur. Bis dahin hatte es keinen Grund gegeben, Tante Martl darauf aufmerksam zu machen, dass ihr die Dauerwellenlöckchen, die sie sich in ihre kurz geschnittenen Haare machen ließ, eine ältliche Biederkeit verliehen. Diesen Begriff verwendete ich selbstverständlich nicht, ich redete allgemein über natürliches, im Fernsehen vorteilhaftes Aussehen, das sich unter anderem durch ungekünstelte Frisuren erzeugen lasse. Meine Tante schwieg, war aber entgegen meiner Befürchtung nicht beleidigt. Ein paar Tage später ging sie zu ihrer Friseurin und forderte sie auf, ihre Haare nach dem Waschen probeweise einmal nicht auf Lockenwickler zu drehen, sondern über einer Rundbürste trocken zu föhnen.

NACHDEM »GOLD UND GLITTER« wiederum mehrere Monate lang nichts von sich hören ließ, fand sich meine Tante damit ab, wohl doch nicht eingeladen zu werden. Vielleicht, versuchte ich sie zu trösten, gebe es im Moment einfach zu viele Bewerber mit Silberbesteck. Eines Tages aber brachte der Briefträger einen großen Umschlag mit der Absenderadresse von »Gold und Glitter«. Er enthielt ein Einladungsschreiben und einen vierseitigen Vertrag. Meine Tante sollte sich zwei Stunden vor Beginn der Aufzeichnung in einem schwäbischen Landschlösschen einfinden, die Organisation der Anreise und einer eventuellen Übernachtung selbst übernehmen. Das enttäuschte sie ein wenig, insgeheim hatte sie angenommen, für ihren Mut, sich als alte Frau im Fernsehen zu zeigen, entgegenkommender behandelt zu werden. Sie kaufte eine Zugfahrkarte und buchte im Reisebüro zwei Nächte in einem Hotel, das in der Nähe des Landschlösschens lag.

Auf mein Angebot, sie zu begleiten, ging sie nicht ein. Sie wollte das Abenteuer allein bewältigen, wahrscheinlich auch die vertraute Situation vermeiden, unversehens in die Nebenrolle zu geraten, während eine andere, in diesem Fall ich, sich zur Hauptperson aufspielte. Unrealistisch an dieser Befürchtung war lediglich, dass sie mir in vorauseilender Eifersucht das Verhalten meiner Mutter unterstellte. Deren ebenso kindischer wie trostloser Ehrgeiz, Martl zu überstrahlen, wenn sie sich in Gesellschaft von Menschen befanden, war bestens bekannt. Automatisch verfiel sie in ein etwas affektiertes Getue, auch wenn es nur der Briefträger war, der im Entree der Wohnung meiner Tante stand, um ein Paket abzugeben, oder der Pfarrer zu Besuch kam, um mit ihr über den Religionsunterricht zu sprechen. Meine Mutter verwandelte sich in einen süßlichen Operettenstar, Martl in einen Igel, der den Kopf einzieht. Ich bemühte mich, den Bezirzungswahn der einen zu bremsen und die andere aus ihrer Erstarrung zu locken.

Die Frage, warum es im Leben meiner Tante nie einen Mann gab, lässt sich auch ganz einfach beantworten. Sie suchte nicht. Und sie suchte unter anderem deshalb nicht, weil es für sie eine in Stein gehauene Gewissheit war, jeder Mann würde augenblicklich das Interesse an ihr verlieren, wenn er erst Rosa kennengelernt und bemerkt hätte, dass Martl im Vergleich zu ihr zweite Wahl war. Lieber drehte sie dem männlichen Geschlecht von Anfang an den Rücken zu. Ein oder zwei Jahre bevor meine Tante pensioniert wurde, erweiterte sich das Freundschaftstrio, das sie mit dem Geschwisterpaar bildete, zum Quartett. Ein alter Schulfreund des Bruders, der dessen Interesse für antike Literatur ebenso teilte wie seine Abneigung gegen alles Moderne, hatte die Adresse der Geschwister ausfindig gemacht und Kontakt aufgenommen. Im Unterschied zu dem Privatier – so lautete der offizielle Titel des Bruders – hatte der Bekannte allerdings einen Beruf ausgeübt. Bis zu seiner Pensionierung war er Studienrat am humanistischen Gymnasium von Kaiserslautern. Er hatte nie eine Familie gegründet, nie geheiratet und, wenn ich es richtig verstand, sich auch nie in der Gemeinschaft mit einer Frau befunden. Kurzum, er war Martls männliches Double, wahrscheinlich, wie es bei Junggesellen höheren Alters oft der Fall ist, noch etwas eigenbrötlerischer.

Allzu viel weiß ich nicht über die Geschichte. Sie bestand im Wesentlichen in sonntäglichen, zu viert unternommenen Ausflügen, die das Leben meiner Tante um eine neue Gewohnheit bereicherten. Gemeinsam mit dem Studienrat, der selbstredend weder Auto noch Führerschein besaß, und dem Geschwisterpaar fuhr sie die Mosel entlang, ein paarmal sogar nach Frankreich. Sie besichtigten Burgen und Weingüter, kehrten in ländlichen Restaurants ein, auf die sich vor ihren kleinen Reisen einigten. Der Studienrat saß über Straßenkarten gebeugt auf dem Beifahrersitz und diktierte die Route, was meine Tante, die es nicht gewohnt war, sich beim Autofahren einem fremden Kommando zu fügen, bereitwillig ertrug. Es entstand nichts, was eine Liaison zu nennen wäre. Der Studienrat betrat nie Martls Haus und überreichte keine Blumensträuße. Manchmal, das gestand sie mir viele Jahre später, hatte er an den Sonntagen, für die keine Ausflüge vorgesehen waren, bei ihr angerufen, immer um 16:30 Uhr.

In meinem Bild von Tante Martl mag es blinde Flecken geben, aber ich kannte sie gut genug, um ihr nicht abzunehmen, diese mit pedantischer Pünktlichkeit in ihre Sonntagsruhe einbrechenden Anrufe seien für sie eine einzige Qual gewesen, im Grunde habe ihr der ganze

Mann widerstrebt. Ein Hagestolz, ein verkorkster Wichtigtuer sei er gewesen, der sie nur ans Telefon gelockt habe, um mit seiner Bildung zu prahlen und ihr, der einfachen Volksschullehrerin, ihre geistige und soziale Minderwertigkeit hinzureiben. Martls Leib-und-Magen-Thema. Verlässlich holte sie es hervor, wenn sie einen Grund für ihr Ressentiment gegen diese oder jene Person suchte. Es konnten Schalterbeamte bei der Post, Zimmernachbarn in Hotels oder eben Studienräte sein. Was sie sich hatten zuschulden kommen lassen, war immer das Gleiche: Sie hatten Martl abschätzig behandelt, auf sie heruntergeschaut wie auf »e Depp«, »e Putzlappe«, »e dumm Kartoffel«.

Sie neigte nicht nur zu einem verbalen Masochismus, der mich immer wieder erschreckte, sie konnte auch mit hemmungsloser Bissigkeit über Menschen herziehen, die ihr unsympathisch waren. An dem Studienrat ließ sie, noch eineinhalb Jahrzehnte nach dem Ende der Bekanntschaft, kein gutes Haar. Mir kam ihr Zetern allerdings fadenscheinig vor. Selbst wenn der Studienrat belehrende Monologe gehalten und seltsame Verhaltensweisen an sich gehabt hatte, wie in Restaurants die Tischservietten gegen seine Stofftaschentücher auszutauschen, weil er der Hygiene des gastronomischen Gewerbes misstraute, in der Arithmetik der Viererguppe hatte er die Position von Martls Partner eingenommen. Und allein diese Tatsache konnte die Frau, die nie mit einem Mann Spritztouren an die Mosel und nach Frankreich unternommen hatte, nicht gleichgültig gelassen haben. Auch wenn sie kein Paar waren, die kleine Sonntagsgesellschaft, in die meine Tante für eine Weile eingebunden war, musste ihr das Bild vor Augen geführt haben, Teil eines Paars zu sein. Sie hätte die Ausflüge, die immerhin ein oder sogar zwei Jahre lang stattfanden, ja verweigern können. Das aber machte sie erst, nachdem Rosa ihr die Geschichte aus der Nase gezogen hatte.

Bärbl, die an jedem zweiten Sonntag mit ihrem Mann nach Zweibrücken fuhr, um ihr Elternhaus zu besuchen und sich von Martl bewirten zu lassen, wunderte sich irgendwann über das Bröckeln dieser Routine. Immer häufiger kam es vor, dass Martl die Besuche absagte, ohne einen Grund zu nennen. Bärbl erkundigte sich nun bei meiner Mutter, ob sie wisse, was mit Martl los sei. Beide hielten es für ihr gutes Recht, jederzeit zu wissen, was Martl wann, warum und mit wem machte. Da meine Mutter in der Kunst des diplomatischen Aushorchens um einiges geschickter war als Bärbl, übernahm sie den Spionageauftrag und rief bei Martl an. Nach einer Viertelstunde wusste sie Bescheid. Meine Tante hatte es nicht geschafft, den Studienrat zu verschweigen. Noch am gleichen Abend telefonierte meine Mutter mit Bärbl. Keuchend vor Aufregung rief sie so laut, dass ich es durch die Zimmerwand hören konnte: »Unser Martl hat eine Liebschaft!«

Ich glaube, meine Tante kapitulierte bereits, als sie beim nächsten oder übernächsten Telefongespräch dem Insistieren von Rosa nachgab und ihr den Vornamen des Studienrats verriet. Er hieß Paul. Ich kann mir genau vorstellen, was nun geschah. Meine Mutter rief ein paar Wochen später wieder bei Martl an, fragte nach diesem und jenem und irgendwann mitten im Gespräch: »Wie geht's denn dem Paul?« Sie musste dem Unbekannten überhaupt nicht begegnen, sie musste nur am Telefon seinen Vornamen auf einschmeichelnde Art aussprechen, um in Martl das Gefühl zu erzeugen, nicht sie, sondern ihre Schwester Rosa habe Anspruch auf einen pensionierten Studienrat, der an einem humanistischen Gymnasium unterrichtet hatte. Für meine Mutter bekanntlich die erstrebenswerteste aller schulischen Bildungseinrichtungen. Ich kann mich nicht entscheiden, wen ich verrückter finde: Meine Mutter, die ihr bisschen Lebensenergie darauf verwendete, durch die Telefonleitung einen ihr völlig fremden Paul zu vereinnahmen. Oder meine Tante, die sich der Vereinnahmung so widerstandslos auslieferte, als sei der Studienrat Paul bereits ins fränkische Herzogenaurach gereist, um Rosa seine Liebe zu gestehen. Bei aller Tragik hatte das Schwesternverhältnis auch etwas sehr Lächerliches. Jahre später rechnete ich aus, dass meine Tante den Bogner-Anzug in der Zeit gekauft haben muss, in der sie die Sonntagsausflüge unternahm.

ALS SIE AUS DEM TAXI AUSSTIEG, das sie vom Hotel zum Landschlösschen brachte, wollte sie vor Schreck wieder umkehren. Sie sah einen Tumult aus drängenden Menschenmengen, Kiosken, Parkplätzen, gigantischen

Lastwägen und Kränen vor sich, der sie an eine Riesenkirmes erinnerte und nicht das Geringste mit ihrer seriösen, leisen Lieblingsfernsehsendung zu tun hatte. Sie fühlte sich verloren wie selten zuvor. Der Taxifahrer stellte den Wagen ab, nahm seinen panischen Fahrgast unter die Fittiche und führte Tante Martl zum Eingang des Schlösschens. Wenn ich ihre Erzählungen richtig deute, glichen sie einem Sanitäter und einer halb Ohnmächtigen, die zur Notaufnahme eines Krankenhauses geschleift wird. Nachdem sie sich durch das Gewühl gekämpft hatten, gelangten sie an der Eingangstreppe des Schlösschens zu einem Schild, auf dem ein Pfeil nach links zu »Komparsen« und einer nach rechts zu »Sendungsteilnehmer« zeigte. Meine Tante hatte sich ausreichend gefangen, um nach kurzer Überlegung zu entscheiden, dass sie mit dem Silberlöffel in der Handtasche nicht zu den Komparsen zählte. Der Taxifahrer geleitete sie ins Vestibül und lieferte sie bei einer jungen Frau ab, die hinter einem Pult mit der Aufschrift »Sendungsteilnehmer« stand. Die Überschwänglichkeit, mit der sie meine Tante begrüßte, passte nicht ganz zu der unmittelbar darauf folgenden Aufforderung, ihren Personalausweis vorzulegen. Wer sollte sie anderes sein als die Frau, in deren Haus drei Praktikanten erschienen waren, um den Vorfilm zu drehen, in dem sie ja wohl zu sehen war?

Über die zwei oder drei Stunden, die sie in einem mit Sitzgruppen möblierten Raum verbrachte und auf den Beginn der Aufzeichnung wartete, erzählte sie so gut wie nichts. Sie hielt sich von den anderen Teilnehmern fern, beachtete kaum deren Antiquitäten, redete mit niemandem, nahm keines der auf einem Tisch angerichteten Kuchenstücke und Baguettebrötchen zu sich und trank nur ein Glas Wasser. Sie konzentrierte sich ausschließlich auf das, was bevorstand. Irgendwann kam eine junge Frau auf sie zu, führte sie in einen anderen Raum zum Schminktisch einer Maskenbildnerin, die ihre Haare nachkämmte und ihr Gesicht abpuderte.

Meine Tante besaß eine Eigenschaft, die ich zu ihren Lebzeiten nicht genügend zu schätzen wusste. Sie war, wenn es darauf ankam, unerschrocken. Sie war oft ängstlich im Kleinen, was ihre Unerschrockenheit im Großen leicht vergessen ließ. Sie legte sich einen absurd großen Vorrat ihrer Lieblingszahnseide zu, weil sie befürchtete, genau diese Zahnseide könne eines Tages aus dem Sortiment des Drogeriemarktes verschwinden. Sie befürchtete, in den Formularen ihrer Steuererklärung einen winzigen Fehler zu machen und vom Finanzamt vor Gericht gebracht zu werden. Sie machte mich verrückt mit ihren unentwegten Mahnungen, beim Haarewaschen ja das Sieb über den Ausguss des Waschbeckens zu legen, denn sie war besessen vom Schreckensbild einer apokalyptischen Überschwemmung des Hauses, zu der es käme, wenn in den Rohren angesammelte Haarbüschel das gesamte Abflusssystem verstopften. Aber sie hatte nicht die geringste Angst vor Einbrechern. Eine Gefahr, die ich für realistischer hielt als die einer Haarbüschelüberschwemmung. Gefragt, ob sie die alte hölzerne Haustür nicht mit einer Stahlplatte und einem Sicherheitsschloss verstärken wolle, lachte sie nur amüsiert. »Die könne ruhig komme, die Spitzbube, mit dene werd ich scho fertig.«

Vollkommen ruhig und selbstverständlich begleitete sie ihre Eltern in den Tod, die beide in ihren Betten starben. Bärbl und Rosa rannten aufgeregt durchs Haus und beratschlagten, ob sie etwas essen sollten oder nicht, wann der richtige Zeitpunkt wäre, um die schwarze Trauerkleidung aus dem Schrank zu holen. Meine Mutter fühlte unablässig ihren Puls und schärfte mir ein, was zu tun sei, wenn sie einen Herzanfall erleide. Martl saß mehrere Tage auf einem Stuhl neben dem Ehebett, schloss am Ende die Augen ihrer Eltern, erst die ihres Vaters, ein paar Monate später die ihrer Mutter. Nach einer Weile kam sie heraus und sagte: »War friedlisch.« Dann ging sie zurück, um Totenwache zu halten. Am nächsten Morgen wusch und kämmte sie die Verstorbenen, zog sie an und legte einen Rosenkranz zwischen ihre gefalteten Hände. Ich weiß es, weil sie mir Jahre später erzählte, es sei ihr überhaupt nicht schwergefallen und sie sei froh gewesen, bei alldem allein zu sein.

Drei Monate nach der Aufzeichnung wurde die Folge von »Gold und Glitter«, in der meine Tante als Gast aufgetreten war, im Fernsehen gezeigt. Ich habe ihr nie erzählt, was ich empfand, als ich an einem Sonntagnachmittag in Berlin mein Fernsehgerät einschaltete, den Trailer von »Gold und Glitter«, fünfzehn Minuten später Tante Martl in ihrem Wohnzimmer vor der Uhr stehen und kurz danach mit dem Silberlöffel in der Hand einen Barocksaal durchqueren sah. Ihr meinen euphorischen Zustand zu erklären, wäre kompliziert gewesen, auch ein wenig albern. Mir strömten Glückstränen übers Gesicht. Es war mir peinlich vor mir selbst und ich war heilfroh, niemanden eingeladen zu haben, um die Sendung gemeinsam anzuschauen. Ich benahm mich wie die Mutter eines Olympiasiegers, die vor dem Fernseher klebt und zusieht, wie ihr Sohn auf dem Siegertreppchen eines Tausende Kilometer entfernten Sportstadions die Arme hochreißt und zu den Klängen der Nationalhymne die Medaille küsst. Tante Martl machte am Tisch der zwei Kunstexperten halt, und ich schrie vor Freude in mein Wohnzimmer. In mir löste sich eine Beklemmung, an die ich scheinbar so gewöhnt war, dass ich sie gar nicht mehr bemerkte; wie schwere Trinker das Dauerdröhnen in ihrem Kopf erst richtig kennenlernen, wenn es in der Entziehungskur nachlässt.

Gegenüber ihren Schwestern hatte Tante Martl kein Wort über ihren Auftritt bei »Gold und Glitter« verlauten lassen, sondern mich beauftragt, sie ein paar Tage vor der Ausstrahlung zu informieren. Sie hielten mich für vollkommen übergeschnappt. Bärbl, wie üblich alles Komplizierte von sich fernhaltend, holte ihren Mann ans Telefon, der auf ihre konfuse Nichte beruhigend einwirken sollte. Meine Mutter war empört. Was mir einfiele, schimpfte sie, mit der »armen Martl« so einen gemeinen Spott zu treiben. »Wir«, damit war wohl das Familienkollektiv gemeint, seien nicht dazu da, uns zum Narren halten zu lassen. Es war nicht ganz klar, wer wen zum

Narren hielt, ich oder die Fernsehleute meine Tante, oder alle zusammen meine Mutter. Logik zählte vor allem dann, wenn sie in Erregung geriet, nicht zu ihren Stärken. Aber am Sonntagnachmittag schaltete sie, wie auch Bärbl, gleichsam auf Verdacht den Fernseher an.

Der Vorfilm bestand aus einer einzigen Szene. Meine Tante war von hinten zu sehen, wie sie im Haus die Treppe hinaufsteigt, ihre Wohnung aufschließt, im Entree ihren Mantel an die Garderobe hängt und sich ins Wohnzimmer begibt. Dort dreht sie sich zur Kamera um und postiert sich neben die Standuhr. Sie sagt ein paar auswendig gelernt wirkende Sätze, ihrer hohen Tonlage ist die Nervosität und ihrer Sprechweise das Bemühen um Hochdeutsch anzumerken. In der nächsten Szene geht sie im Saal des Landschlösschens auf den Expertentisch zu. Ihr Schritt hatte etwas Zeremonielles, aber sie wirkte viel weniger unsicher, als ich vermutet hatte. Im Hintergrund sah man die mit Publikum, offensichtlich den Komparsen, besetzten Stuhlreihen. »Na, was haben Sie uns denn Schönes mitgebracht?«, empfing sie der Kunsthistoriker. Gleichzeitig fuhr die Kamera um den Tisch herum, das Publikum verschwand aus dem Bild, es zeigte nur noch Tante Martl und die zwei Experten. Durch die Lesebrille, die auf seiner Nasenspitze saß, warf der Kunsthistoriker einen kurzen Blick nach unten auf eine Mappe, die vor ihm auf dem Tisch lag, schaute wieder auf und nickte meiner Tante zu. »Sie sind Frau ...«, begann er das Gespräch in aufmunterndem Tonfall. Aber er brachte den Satz nicht zu Ende.

Meine Tante straffte sich mit einem Ruck wie es Menschen oft tun, bevor sie zu einer Erklärung ansetzen. Unaufgefordert sagte sie mit fester, etwas offiziös klingender Stimme: »Mein Name ist Martina Mericault.« Für den Bruchteil einer Sekunde wirkte es, als kämen die Experten aus dem Konzept. Möglicherweise befürchteten sie, einen Gast vor der Nase zu haben, dessen angestiegenes Alter ihn eine Einladung in eine TV-Show mit einer gerichtlichen Vorladung verwechseln ließ. »Martina Mericault«, erwiderte der Kunsthistoriker schwungvoll, »das ist ja wirklich ein wunderschöner Name, das spricht sich ja wie ein Gedicht. Herzlich willkommen, Frau Martina Mericault! Was haben Sie uns denn nun Schönes mitgebracht?« Meine Tante strahlte. Ich kann es nicht anders sagen, sie strahlte übers ganze Gesicht, das nun in Nahaufnahme zu sehen war. Ein freies, mädchenhaftes Strahlen.

Sie legte den Silberlöffel auf den Tisch. »Wo haben Sie das hübsche Stück denn her?«, fragte der Kunstmarktexperte. Tante Martl zögerte kurz. »Den Löffel habe ich von Freunden«, antwortete sie ruhig. »Ein Geschenk also«, sagte der Experte. »Jo, so ähnlisch.« Niemals hätte ich Tante Martl diese Gelassenheit, ja Abgebrühtheit zugetraut. »Na, dann schauen wir mal, was es mit dem Löffelchen auf sich hat«, überlegte der Kunsthistoriker. Der Art déco-Stil sei unverkennbar, das sähe man sofort. Er nahm den Löffel in die Hand, fuhr mit dem Zeigefinger über die Schneckengravur und gab ihn an den Kunstmarktkenner weiter. Sie einigten sich darauf, dass der

Löffel in den Zwanziger- oder Dreißigerjahren hergestellt worden war. Es müsse sich um eine Sonderanfertigung handeln, für die eigentlich nur die Firma Cristofle aus Paris infrage käme. Ich zählte die Sekunden, aber meine Tante verplapperte sich nicht. Sie nickte nur. Die »Normandie« kam nicht zur Sprache. Der Dialog näherte sich dem Ende. »Ja, liebe Frau Martina Mericault«, sagte der Kunsthistoriker, »dann grüßen Sie Ihre Freunde mal ganz herzlich. Unser Ratschlag wäre: Wenn es ein Erbstück ist, und danach sieht es aus, dann sollte man so einen Löffel nicht verkaufen. Er hat ja eher persönlichen Wert, altes Silberbesteck gibt es auf Flohmärkten wie Sand am Meer.« Ich hatte den Telefonhörer in Griffweite, um meine Tante nach der Sendung sofort anzurufen und ihr zu gratulieren. Sie nahm ab und sagte nur: »Kind, isch kann jetzt net, isch brauch die Leitung frei, wir rede morsche.« Dann legte sie auf. Ich rief bei meiner Mutter an, bei ihr war besetzt.

EIN FREMDER BETRACHTER DÜRFTE auf dem Bildschirm eine ältere, gefasst auftretende Dame gesehen haben. Obwohl wir nie darüber sprachen, nehme ich an, dass meine Tante schockiert oder zumindest überrascht war, sich im Fernsehen zu sehen, wie jeder einer älteren, nicht mit dem Smartphone aufgewachsenen Generation zusammenzuckt, wenn er sich zum ersten Mal in einer Filmaufnahme begegnet und plötzlich weiß: Das bist du. So also sieht es aus, was alle anderen immer schon gesehen haben, nur du nicht; dein beim Sprechen verzogener Mund, dein Nicken, dein Augenbrauenrunzeln, dein Kopfschütteln. Dieser Schock hat nichts damit zu tun, ob man sich besonders schön findet oder nicht, ob die Erwartungen an das eigene Abbild enttäuscht oder übertroffen werden. Er rührt vielmehr aus dem Gefühl der Selbstbefremdung. Die Fotografien, die man bis dahin von sich kennt, mögen charakteristisch sein, aber sie zeigen nur einen erstarrten Moment, nicht den Menschen, der man in lebendiger Bewegung tatsächlich ist.

Wie auch immer meine Tante ihren Auftritt selbst beurteilte, sie muss im Vorfilm vor allem eines gesehen haben: Eine Frau, die neben einem Uhrmonstrum verzwergt. Möglicherweise erkannte sie darin sogar die Parodie eines Paares. Auf alle Fälle entschied sie in dieser Sekunde: Die Uhr kommt raus. Ohne zu zögern, rief sie nach der Sendung erst Rosa, dann Bärbl an und stellte ihnen ein Ultimatum. Sie hätten zwei Wochen Zeit, die Uhr abzuholen. Andernfalls würde sie einen Altwarenhändler beauftragen, sie wegzuschaffen. Es war Martls erste und einzige durchschlagende Revolte gegen das Regime ihrer Schwestern.

Es bedurfte vieler weiterer Telefonate, bis Bärbl und Rosa begriffen, dass Martl zum Äußersten entschlossen war. Sie berieten sich täglich untereinander, sie riefen morgens und abends bei meiner Tante an, um sie zu erweichen, und bissen auf Granit. Sogar ich wurde eingeschaltet, um meine Schmeichelkünste an Martl zu erproben.

Auf dem Höhepunkt der Hysterie verglich Rosa ihre Schwester mit dem »Unmenschen Goebbels«. Ich war von meiner Mutter einiges an Dramatik gewöhnt, aber mit der Verzweiflung, die der drohende Verlust der Uhr auslöste, übertraf sie sich. Selbst mein geduldiger Vater tippte sich an die Stirn und war nicht bereit, Geld für die Verfrachtung einer unnützen hässlichen Standuhr aus der Pfalz nach Franken zu bezahlen. In letzter Sekunde erklärte Bärbl sich bereit, sie bei sich aufzunehmen. So wurde die Uhr zwei Wochen nach der Ausstrahlung einer Folge der Fernsehsendung »Gold und Glitter« von Möbelpackern aus Martls Wohnzimmer in Bärbls Wohnzimmer transportiert. Ein halbes Jahr lang herrschte danach Unfrieden zwischen den Schwestern. Martl ertrug ihn stoisch.

Erst im hohen Alter begann sie, sich das Sorgenmachen regelrecht abzutrainieren. Sie blieb, was sie viel Disziplin kostete, auf der Couch sitzen, wenn das Telefon klingelte und ein Anruf von Bärbl zu befürchten war. Bärbl hatte von meiner Mutter deren Passion für ausgiebige Krankenberichte übernommen. Fror sie an den Füßen oder ließ ihr Stuhlgang zwei Tage auf sich warten, empfand sie das dringende Bedürfnis, meine Tante, die längst mit eigenen Altersgebrechen zu tun hatte, über diese Beschwerden zu unterrichten. Martl machte es wie Odysseus, der sich gegen die Sirenengesänge Wachs in die Ohren stopfte, indem sie den Fernseher so laut stellte, dass das Telefonklingeln nicht mehr zu ihr durchdrang. Oft rief sie hinterher bei mir an, um ihr Verhalten zu rechtfertigen, genauer gesagt, um sich von einem Familienmitglied die gleichsam offizielle Legitimation für das Ignorieren von Bärbls Gejammer einzuholen. Einmal machte ich den Fehler, ihr zu beichten, auch ich ginge manchmal nicht ans Telefon, um meine Ruhe zu haben. Natürlich bezog meine Tante das sofort auf sich und interpretierte es als indirekte Aufforderung, gefälligst meine Nummer nicht mehr zu wählen, wenn sie eine Wucherrechnung ihrer Autowerkstatt erhalten oder ihr Feindobjekt Thomas Gottschalk im Fernsehen gesehen hatte.

Ihre letzte Sorge galt dem Haus. Als sie ins Altenheim kam, blieb es unbewohnt. Ein einziges Mal fuhr ich sie mit ihrem Auto zum Haus, um ihr zu zeigen, dass alles in Ordnung war: Der Rasen gemäht, die Kellertür verschlossen, der Briefkasten geleert, der Hauptwasserhahn abgestellt, die Öffnungsklappe der Waschmaschine einen Spaltbreit geöffnet, um die Trommel trocken zu halten. Sie fragte nicht, wer sich um all das kümmerte, und mein Bruder und ich verschwiegen ihr, dass wir eine Immobilienfirma mit der Verwaltung des Hauses betraut hatten. Zu wissen, fremde Menschen verfügten über einen Hausschlüssel und konnten in ihrer Wohnung ein und aus gehen, wie sie wollten, hätte sie tief verletzt. Die Begegnung mit den verwaisten Räumen, in denen sie wie in ihrem eigenen Mausoleum herumschlich, mit den Händen zaghaft über die zurückgelassenen Möbel und Gegenstände streifend, war sie für schmerzhaft genug, und ich tat alles, um sie von einem weiteren Besuch des Hauses abzubringen.

Schließlich, als sie fast alles vergessen hatte, die Geschichte von der falschen Geburtsurkunde wie die vom weggefressenen Osterhasen, als sie nur noch verschwommen ahnte, dass es irgendwo außerhalb ihres Altenheimzimmers ein Haus gab, das mit ihr in Verbindung stand, nicht aber, in welcher Stadt und wie diese hieß, wollte sie lediglich eines immer wieder wissen: ob die Standuhr weg sei. Ich schwor es ihr, sooft sie fragte. »Tante«, sagte ich, »die Uhr ist weg. Da steht doch jetzt die große Bodenvase mit den Bambusrohren.« Sie nickte befriedigt. »Und die Uhr?«, begann sie nach einer Minute wieder. »Ist weg. Mach dir keine Sorgen, wir schauen regelmäßig nach, dass sie nicht wiederkommt.«

Meine Eltern starben als Erste, fünf Jahre danach Bärbl, ihr Mann und Martl, alle drei in kurzem Abstand nacheinander. Meine Tante wohnte schon im Altenheim, als sie vom Tod der ältesten Schwester erfuhr, eine Viertelstunde nachdem ich es ihr erzählt hatte, vergaß sie es wieder. In ihren allerletzten Wochen wurde Martl rabiat und begann, auf die Mitbewohner des Heims einzuschlagen. Sie musste, was ich aus Sicht der Heimleitung schon verstehen konnte, in ihrem Zimmer bleiben und die Mahlzeiten, die sie ohnehin verschmähte, allein einnehmen. Wenn ich sie anrief, wimmerte sie nur noch ins Telefon. Mein Bruder lebte in München, ich in Berlin, wir besuchten sie sooft es ging und plagten uns mit Schuldgefühlen, sie in ihrer Einsamkeitswüste zurückzulassen. Schließlich engagierten wir eine Privatpflegerin, die für viel Geld bereit war, tagsüber im Altenheimzimmer unserer Tante zu sitzen und ihr zurückhaltend Gesellschaft zu leisten. Ich glaube, sie sah in der Pflegerin ihre Mutter, aber vielleicht will ich es auch nur glauben. Auf alle Fälle war meine Tante am Ende nicht allein. Sie nickte an einem Nachmittag still in ihrem Sessel ein und wachte nicht mehr auf.

TANTE MARTL WURDE AUF dem Friedhof ihrer Heimatstadt bestattet, neben ihren Eltern. Auf deren Grabstein war nicht genug Platz, um unter ihre Namen und Lebensdaten auch die meiner Tante einzugravieren, zumindest nicht in gleicher Schriftgröße. Mein Bruder und ich mussten noch vor der Beerdigung eine Entscheidung treffen, die uns schwerfiel. Wir konnten entweder den existierenden Stein entfernen und durch einen größeren ersetzen lassen, auf dem die drei Toten namentlich versammelt würden, oder neben dem Grabstein unserer Großeltern einen kleineren nur für Tante Martl aufstellen lassen. Technisch war beides möglich. Aber wir hatten das ungute Gefühl, uns als Richter über das Leben von Tante Martl aufzuspielen, indem wir buchstäblich die Rolle festschrieben, die sie eingenommen hatte. War es angemessen, eine Frau, die über vier Jahrzehnte als Lehrerin gearbeitet hatte, auf ihren Tochterstatus zu reduzieren, indem wir ihren Namen in halber Größe dem ihrer Eltern zuschlugen? Zwängte andererseits ein Miniaturgrabstein mit einem einzigen Namen darauf sie nicht noch mehr ins Bild des Anhängsels?

Wir standen im Büro des Steinmetzen und baten um Bedenkzeit. Es war ein fürchterlich heißer Julitag, um die fünfunddreißig Grad. Nichts wäre uns lieber gewesen als eine Abkühlung im Freibad von Zweibrücken, das wir immer sehr gemocht hatten. Aus Pietät kam es nicht infrage, das Grabsteinproblem in Badehose, zwischen kreischenden Kindern und picknickenden Familien zu lösen. In dem seit zwei Jahren unbewohnten Haus, wo im Entree die Koffer mit den Habseligkeiten unserer Tante aus dem Altenheim standen, wollten wir uns genauso wenig aufhalten. Wir schalteten im Auto meines Bruders die Klimaanlage an, fuhren eine Stunde durch die sanft hügelige westpfälzische Landschaft und beschlossen, für Martl einen eigenen Grabstein in Auftrag zu geben, der nicht die Breite, aber wenigstens die Höhe des vorhandenen besitzen sollte.

Vor der Beerdigung fürchtete ich mich. Ich stellte mir Friedhofsszenen vor, wie sie in alten Schwarz-Weiß-Filmen zu sehen sind, in denen jedes Detail, vom verloren läutenden Kirchenglöcklein bis zum Priester, der mit einem Ministranten hinter dem Sarg hergeht, darauf hinweist, dass hier eine einsame Seele zu Grabe getragen wird. Tatsächlich hatte meine Tante, die kurz nach ihrem neunzigsten Geburtstag starb und fast alle gleichaltrigen Lehrerkollegen überlebte, das Bild niederschmetternder Tristesse selbst vorweggenommen. Als ihr Geist noch klar war, fragte ich sie einmal nach ihren Wünschen für die Zeremonie ihrer Beerdigung. Sie brachte ein besonders langes Stöhnen hervor, schüttelte den Kopf und äußerte ohne die geringste Sentimentalität, es sei ihr eigentlich alles egal. Es werde ja ohnehin niemand erscheinen, für den es sich lohne, Musikstücke und Blumenschmuck zu bestimmen. Wenn es hochkomme, zählte sie an den Fingern einer Hand auf, fünf Leute. Mein Bruder, meine Tochter und ich, vielleicht noch ein Ehepaar aus der Nachbarschaft. Dessen Erscheinen sei aber auch nicht sicher. Die Nachbarn müssten ja jemanden finden, der für die Dauer der Beerdigung auf ihren äußerst anhänglichen Hund aufpasse. Auf den Friedhof könnten sie ihn schlecht mitnehmen.

Der Hund kam selbstverständlich nicht. Seine Besitzer jedoch schon, und von ihnen abgesehen noch etwa drei Dutzend Menschen. Ich traute kaum meinen Augen, als sich die kleine, tropisch erhitzte Aussegnungshalle mit Personen füllte, die ich der Biografie meiner Tante überhaupt nicht zuordnen konnte. Meine Verlegenheit bemerkend, flüsterten mir die unbekannten Trauergäste nach der formellen Beileidsbekundung leise ins Ohr, wer und weshalb sie hier waren. Dass sich Verwandte aus fernen Dörfern auf den Weg nach Zweibrücken gemacht hatten, konnte ich mir noch aus ländlichen Sitten erklären, denen zufolge es sich gehörte, einer Cousine zweiten oder dritten Grades die letzte Ehre zu erweisen, auch wenn man sie seit einem halben Jahrhundert nicht mehr gesehen hat. Was mich wirklich verblüffte, war die Anwesenheit vieler ehemaliger Schüler meiner Tante.

Sie hatte an ihrer Schule den Ruf einer überaus belastbaren Pädagogin genossen, die prädestiniert dafür war, mit den halbstarken Rabauken der oberen Klassen fertigzuwerden und selbst die Faulsten durch den Hauptschulabschluss zu pauken. Ich hatte sie mir immer als strenge Lehrerin vorgestellt, deren Talent zu geschmeidiger Liebenswürdigkeit im beruflichen Umgang ebenso zu wünschen übrig ließ wie im privaten. An dem Bild konnte etwas nicht stimmen, die Anhänglichkeit dieser bereits ergrauenden Personen, die sich in schwarzen Sakkos und dunkelfarbenen Sommerkleidern dem Trauerzug zum Grab anschlossen, nicht allein darauf beruhen, dass sie durch meine Tante in den Genuss solider Schulkenntnisse und verbindlicher Moralvorstellungen gekommen waren. Sie musste für ihre Schüler einen herausgehobenen Stellenwert, ja eine persönliche Strahlkraft besessen haben, die so nachdrücklich in ihrer Erinnerung haftete, dass sie sich auf eine Traueranzeige in der örtlichen Tageszeitung hin entschlossen hatten, an diesem stinkheißen Tag zu ihrer Beerdigung zu gehen.

Als Letzter eilte ein Mann heran, dessen Erscheinung mich endgültig verwirrte. Er verströmte das Flair einer extravaganten Weltläufigkeit, die auf dem Kleinstadtfriedhof befremdlich wirkte. Er trug einen perfekt sitzenden dunkelblauen Designeranzug, eine ebenfalls dunkelblaue Seidenkrawatte und eine oliv getönte Sonnenbrille mit runden Gläsern. Das Blumenbouquet, das er im Arm hielt, hatte zweifellos ein kleines Vermögen gekostet. Ein voluminöser weißer Strauß nur aus Lilien, Rosen und

Calla, der seinen Kopf überragte. Selbst die beiden Trauerkränze, die mein Bruder und ich beim Friedhofsgärtner bestellt hatten, machten neben diesem Prachtstrauß einen kläglichen Eindruck. Er hatte es sichtbar eilig. Nachdem er den Strauß am offenen Grab abgelegt und sich vor dem Sarg verneigt hatte, drehte er sich um, entfernte sich ein paar Schritte, als wolle er den Friedhof auf schnellstem Weg verlassen. Ob ihm die Kürze seines Auftritts plötzlich respektlos erschien oder ob er glaubte, den Angehörigen der Verstorbenen doch noch eine Erklärung zu schulden, konnte ich nicht erkennen. Er stoppte, wartete, bis mein Bruder, meine Tochter und ich vom Grab weggingen, und sprach uns an.

Seinen Namen habe ich vergessen. Die Geschichte, die er in ein paar Sätzen skizzierte, werde ich nie vergessen. »Wissen Sie«, begann er unvermittelt, »das klingt jetzt vielleicht ein bisschen pathetisch, aber ich kann es nicht anders sagen: Ich verdanke Ihrer Tante alles.«

Auch er war ein ehemaliger Schüler von ihr, wohl ein besonders begabter. Nachdem er die Hauptschule verlassen und eine Lehre als Kfz-Mechaniker begonnen hatte, behielt meine Tante ihn im Auge und trieb ihn unermüdlich an, auf dem zweiten Bildungsweg die mittlere Reife nachzumachen. Er kam aus kleinen Verhältnissen, seine Eltern konnten oder wollten ihn nicht auf eine höhere Schule schicken. Tante Martl ließ nicht locker. Einmal erschien sie sogar in der Autowerkstatt, in der er arbeitete, und redete dem Meister ins Gewissen, seinen Lehrling nicht über den Feierabend hinaus zu beschäftigen. Nachdem er in Abendkursen die mittlere Reife erreicht hatte, verdonnerte meine Tante ihn regelrecht dazu, sich nun zügig ans Abitur zu machen. Wenn ich ihn richtig verstand, half sie ihm auch mit gelegentlichen Finanzspritzen. Er studierte Wirtschaftswissenschaft, zuerst in Karlsruhe, dann in Zürich und schließlich an der berühmten London School of Economics. Ich fragte nicht danach, aber er musste Stipendien erhalten haben, die nur Studenten mit exorbitanten Leistungen vergönnt sind.

Was er uns im Schatten eines Friedhofsbaumes erzählte, klang ziemlich märchenhaft. Aber wie ein Aufschneider wirkte er nicht. Im Gegenteil, ich hatte den Eindruck, er bemühte sich, seine Erfolgsgeschichte als weniger steil darzustellen, als sie tatsächlich verlaufen war. Es ging ihm nicht darum, seine imposante Karriere ins Licht zu rücken, sondern den Anteil, den meine Tante daran hatte. Mittlerweile, sagte er abschließend, lebe er in Paris und leite den französischen Sitz eines internationalen Unternehmens. Im Übrigen habe er bis vor Kurzem hin und wieder mit unserer Tante telefoniert.

Mit Tante Martl? Die eine halbe Ewigkeit in den Hörer stöhnte, bevor sie einen Satz herausbrachte? Tante Martl hatte Anrufe von einem Topmanager aus Paris erhalten, dessen Verehrung für sie so weit ging, dass er von Straßburg, wo er am Vortag einen Geschäftstermin wahrgenommen hatte, zu ihrer Beerdigung in die Pfalz gefahren war? Er verabschiedete sich, setzte die Sonnenbrille wieder auf, die er am Grab abgenommen hatte, und ich war so verdattert, dass ich vergaß, ihn zu fragen, wie er vom Tod unserer Tante und vom Termin ihrer Beerdigung überhaupt erfahren hatte.

Für den Leichenschmaus hatten wir einen großen Tisch im Nebenraum eines Hotelrestaurants reserviert. Ich war darauf gefasst, dass wir zu dritt, bestenfalls zu fünft am Tisch säßen. Das Bild leerer Stühle würde das befürchtete Einsamkeitsszenario vollenden. Jetzt war ich froh, dass es genug Plätze gab. Für die angereisten Verwandten galt es als selbstverständlich, nach der Beerdigung bewirtet zu werden, das Nachbarsehepaar kam gerne mit, ein paar der ehemaligen Schüler schlossen sich an. Zunächst wurde der Verlauf der Bestattung besprochen, dann die Krankengeschichte meiner Tante rekapituliert und schließlich das eine oder andere aus ihrem Leben erinnert. Aufopferungsvoll habe sie ihre Eltern gepflegt, tapfer und tüchtig sei sie gewesen und immer selbstlos. Das Kaffeegeschirr wurde abgeräumt, es kam eine Suppe auf den Tisch, und als sich die Stimmung nach dem ersten Glas Wein lockerte, machte die Geschichte von Martls falscher Geburtsurkunde die Runde. Alle kannten sie und schüttelten den Kopf über die unselige Angelegenheit. Ich wusste, dass es eine abergläubische Narretei war, aber ich konnte nicht anders, als am nächsten Tag noch einmal zur Werkstatt des Steinmetzen zu gehen und mir bestätigen zu lassen, dass auf dem Grabstein meiner Tante der Vorname Martina eingraviert würde, nicht durch ein dummes Versehen der Name Martin.

Ich danke Professor Lützeler für die Einladung als writer in residence am German Departement der Washington University von St. Louis im Frühjahr 2017. Diesem Aufenthalt verdankt das Buch seinen Beginn.